TRANZLATY

La Langue est pour tout le Monde

Η γλώσσα είναι για όλους

La Métamorphose

Η Μεταμόρφωση

Franz Kafka

Français

ελληνικά

ISBN: 978-1-83566-890-0
Die Verwandlung
Franz Kafka, 1915

www.tranzlaty.com

Première partie
Μέρος Πρώτο

Gregor Samsa se réveilla un matin après des rêves agités.

Ο Γκρέγκορ Σάμσα ξύπνησε ένα πρωί από ταραγμένα όνειρα.

Il se retrouva dans son lit, incapable de bouger.

Βρέθηκε στο κρεβάτι του, αλλά ανίκανος να κουνηθεί.

Il avait été transformé en un monstre vermineux.

Είχε μεταμορφωθεί σε ένα τερατώδες παράσιτο.

Il était allongé sur le dos, une carapace dure comme une armure.

Ήταν ξαπλωμένος ανάσκελα, η οποία ήταν σκληρή σαν πανοπλία.

En relevant légèrement la tête, il pouvait voir son ventre.

Σηκώνοντας λίγο το κεφάλι του, μπορούσε να δει την κοιλιά του.

Mais son ventre était bombé et divisé en segments.

Αλλά η κοιλιά του ήταν θολωτή και χωρισμένη σε τμήματα.

La couverture reposait sur son ventre arrondi.

Η κουβέρτα ακουμπούσε πάνω στην στρογγυλεμένη κοιλιά του.

Mais la couverture était sur le point de glisser complètement.

Αλλά η κουβέρτα παραλίγο να γλιστρήσει εντελώς προς τα κάτω.

Ses jambes étaient pitoyables comparées à leur taille habituelle.

Τα πόδια του ήταν αξιολύπητα σε σύγκριση με το συνηθισμένο τους μέγεθος.

Et ses nombreuses pattes s'agitaient impuissantes devant ses yeux.

Και τα πολλά του πόδια τρεμόπαιζαν αβοήθητα μπροστά στα μάτια του.

« Que m'est-il arrivé ? » se demanda-t-il.

«Τι μου συνέβη;» σκέφτηκε μέσα του.

Mais ce n'était pas un rêve dont il ne pouvait se réveiller.

Αλλά δεν ήταν ένα όνειρο από το οποίο δεν μπορούσε να ξυπνήσει.

Il se trouvait bel et bien dans sa propre chambre.

Ήταν πραγματικά το δικό του δωμάτιο στο οποίο βρέθηκε.

Une vraie chambre pour des humains, mais un peu trop petite.

Ένα πραγματικό δωμάτιο για ανθρώπους, αλλά λίγο πολύ μικρό.

Il gisait tranquillement entre les quatre murs bien connus.

Ξάπλωνε ήσυχα ανάμεσα στους τέσσερις γνωστούς τοίχους.

Sur la table se trouvait une collection d'échantillons de textiles.

Πάνω στο τραπέζι υπήρχε μια συλλογή από δείγματα υφασμάτων.

Samsa était un vendeur ambulant, d'où les échantillons.

Ο Σάμσα ήταν περιοδεύων πωλητής, εξ ου και τα δείγματα.

Au-dessus des échantillons de textile désassemblés se trouvait une image.

Πάνω από τα αποσυναρμολογημένα δείγματα υφασμάτων υπήρχε μια εικόνα.

Il avait récemment découpé la photo dans un magazine.

Είχε πρόσφατα κόψει τη φωτογραφία από ένα περιοδικό.

Il avait placé le tableau dans un joli cadre doré.

Είχε τοποθετήσει την εικόνα σε μια όμορφη, επιχρυσωμένη κορνίζα.

Le tableau encadré représentait une dame assise bien droite.

Η πλαισιωμένη εικόνα απεικόνιζε μια κυρία να κάθεται όρθια.

Elle portait un chapeau de fourrure et un manchon de fourrure.

Φορούσε ένα γούνινο καπέλο και είχε ένα γούνινο μανίκι.

Elle levait la main en direction du spectateur.

Σήκωνε το χέρι της προς τον θεατή της εικόνας.

Son avant-bras entier disparaissait dans son épais manchon de fourrure.

Ολόκληρο το αντιβράχιό της εξαφανίστηκε μέσα στο βαρύ γούνινο μανίκι της.

Gregor regarda par la fenêtre le temps maussade.

Ο Γκρέγκορ κοίταξε από το παράθυρο τον μουντό καιρό.

On pouvait entendre les grosses gouttes de pluie frapper la fenêtre.

Άκουγε κανείς πυκνές σταγόνες βροχής να χτυπούν το παράθυρο.

Le temps gris le rendait très mélancolique.

Ο γκρίζος καιρός τον έκανε να νιώθει πολύ μελαγχολικός.

« Et si je dormais un peu plus longtemps ? » pensa-t-il.

«Τι θα έλεγες να κοιμηθώ λίγο ακόμα;» σκέφτηκε.

« Dormir davantage m'aiderait peut-être à oublier ces bêtises. »

«Περισσότερος ύπνος ίσως με βοηθήσει να ξεχάσω αυτές τις ανοησίες.»

Mais dormir plus longtemps était totalement impossible.

Αλλά ο ύπνος πια ήταν εντελώς αδύνατος.

Parce qu'il avait l'habitude de dormir sur le côté droit.

Επειδή είχε συνηθίσει να κοιμάται στη δεξιά πλευρά.

Mais son état actuel l'empêchait d'effectuer ses mouvements habituels.

Αλλά η τρέχουσα κατάστασή του εμπόδιζε τις συνήθεις κινήσεις του.

Il n'avait aucun moyen de se retrouver dans cette situation.

Δεν είχε κανέναν τρόπο να βρεθεί σε αυτή τη θέση.

Il fit de son mieux pour se jeter sur son côté droit.

Προσπάθησε όσο καλύτερα μπορούσε να ξαπλώσει στη δεξιά του πλευρά.

Il a probablement tenté ce mouvement une centaine de fois.

Πιθανότατα επιχείρησε αυτή την κίνηση εκατό φορές.

Mais il revenait toujours en position couchée sur le dos.

Αλλά πάντα λικνιζόταν πίσω στην ύπτια θέση.

Il ferma les yeux pour ne pas voir ses jambes qui s'agitaient.

Έκλεισε τα μάτια του για να μην δει τα νευρικά του πόδια.

Finalement, la douleur l'a empêché de réessayer.

Στο τέλος ο πόνος τον εμπόδισε να προσπαθήσει ξανά.

Une douleur sourde au flanc qu'il n'avait jamais ressentie
auparavant.

Ένας αμβλύς πόνος στο πλευρό του που δεν είχε νιώσει
ποτέ πριν.

« Oh mon Dieu », pensa désespérément Gregor Samsa.

«Θεέ μου», σκέφτηκε απεγνωσμένα ο Γκρέγκορ Σάμσα.

« Quel métier pénible j'ai choisi ! »

«Τι επίπονο επάγγελμα έχω επιλέξει για τον εαυτό μου!»

« Je dois voyager tous les jours pour le travail. »

«Μέρα με τη μέρα, πρέπει να ταξιδεύω παντού για
δουλειά.»

**« Le travail de bureau est beaucoup plus facile que le travail
sur la route. »**

«Η εργασία γραφείου είναι πολύ πιο εύκολη από την
εργασία στο δρόμο.»

« Et j'ai la malédiction de devoir voyager constamment. »

«Και έχω την κατάρα να πρέπει να ταξιδεύω παντού.»

**« Toutes ces inquiétudes liées au fait d'être à l'heure pour les
trains. »**

«Όλες οι ανησυχίες για το αν θα είσαι στην ώρα σου για τα
τρένα.»

**« Mes horaires de repas sont irréguliers et la nourriture est
mauvaise. »**

«Οι ώρες των γευμάτων μου είναι ακανόνιστες και το
φαγητό είναι κακό.»

« Mes amis changent constamment de ville. »

«Οι φίλοι μου αλλάζουν συνέχεια από πόλη σε πόλη.»

« Mes interactions sont froides et professionnelles. »

«Οι αλληλεπιδράσεις που έχω είναι ψυχρές και
επαγγελματικές.»

«Que le diable s'amuse avec ce genre de travail !»

«Ας διασκεδάσει ο Διάβολος με τέτοιου είδους δουλειά!»

Il ressentit une légère démangeaison en haut de l'estomac.

Ένιωσε μια ελαφριά φαγούρα στην κορυφή της κοιλιάς του.

Il s'appuya contre le montant du lit, le dos contre le sol.

Ακούμπησε με την πλάτη του στον στύλο του κρεβατιού.

Il voulait pouvoir mieux lever la tête.

Ήθελε να μπορεί να σηκώνει το κεφάλι του καλύτερα.

Il a trouvé l'endroit qui le démangeait.

Βρήκε το σημείο που τον έτσουζε και τον ενοχλούσε.

Sa tête semblait recouverte de petits points blancs.

Το κεφάλι του φαινόταν να είναι καλυμμένο με μικρές άσπρες κουκκίδες.

Il ne pouvait pas dire ce que représentaient ces petits points blancs.

Δεν μπορούσε να καταλάβει τι ήταν αυτές οι μικρές άσπρες κουκκίδες.

Il avait prévu de toucher l'endroit avec une de ses jambes.

Είχε σχεδιάσει να αγγίξει το σημείο με το ένα του πόδι.

Mais lorsqu'il toucha l'endroit, il ressentit un étrange frisson.

Αλλά όταν άγγιξε το σημείο ένιωσε ένα παράξενο ρίγος.

Il a donc immédiatement retiré sa jambe.

Έτσι, αμέσως τράβηξε το πόδι του μακριά από το σημείο.

Il n'avait d'autre choix que d'accepter cette sensation de démangeaison.

Δεν είχε άλλη επιλογή από το να αποδεχτεί το αίσθημα φαγούρας.

Et il reprit sa position initiale dans le lit.

Και επέστρεψε στην προηγούμενη θέση του στο κρεβάτι.

«Se réveiller si tôt rend vraiment stupide.»

«Το να ξυπνάς τόσο νωρίς σε κάνει πραγματικά πολύ ηλίθιο.»

« Un homme doit dormir suffisamment », pensa-t-il.

«Ένας άνθρωπος πρέπει να κοιμάται αρκετά», σκέφτηκε.

« Les autres représentants de commerce mènent une vie de luxe. »

«Οι άλλοι περιοδεύοντες πωλητές ζουν μια ζωή πολυτελείας.»

« Le matin, je transfère les ordres que j'ai reçus. »

«Το πρωί μεταφέρω τις παραγγελίες που έχω λάβει.»

« Pendant ce temps, ces messieurs prennent encore leur petit-déjeuner. »

«Εν τω μεταξύ, αυτοί οι κύριοι τρώνε ακόμα πρωινό.»

« Imaginez un peu si j'essayais de faire ça avec mon patron. »

«Φανταστείτε να προσπαθούσα να το κάνω αυτό με το αφεντικό μου.»

«Il me licenciait avant même que j'aie fini mon petit-déjeuner.»

«Θα με απέλυε πριν τελειώσω το πρωινό μου.»

« Mais ce ne serait peut-être pas le pire non plus. »

«Αλλά ίσως αυτό να μην είναι και το χειρότερο.»

«Le problème, c'est que mes parents me freinent.»

«Το πρόβλημα είναι ότι οι γονείς μου με κρατούν πίσω.»

« Sans eux, j'aurais déjà démissionné. »

«Αν δεν ήταν αυτοί, θα είχα ήδη παραιτηθεί.»

« J'aurais tenu tête au patron et je lui aurais dit. »

«Θα είχα αντισταθεί στο αφεντικό και θα του το είχα πει.»

« Je dirais exactement ce que je pense de lui et de son travail. »

«Θα έλεγα ακριβώς τι πιστεύω για αυτόν και τη δουλειά.»

« Il tomberait de son bureau si je lui racontais tout ! »

«Θα έπεφτε από το γραφείο του αν του τα έλεγα όλα!»

« Sa façon de s'asseoir à son bureau est très étrange. »

«Είναι πολύ περίεργος ο τρόπος που κάθεται στο γραφείο του.»

« Sa façon de parler à ses subordonnés n'est pas correcte. »

«Ο τρόπος που μιλάει στους υφισταμένους του δεν είναι σωστός».

« Et le pire, c'est que son ouïe est très mauvaise. »

«Και το χειρότερο είναι ότι η ακοή του είναι τόσο κακή.»

«Vous n'avez donc pas d'autre choix que de vous asseoir très près de lui.»

«Οπότε δεν έχεις άλλη επιλογή από το να καθίσεις πολύ κοντά του.»

« Cela dit, l'espoir n'est pas encore totalement perdu. »

«Αλλά με όλα αυτά που είπαμε, η ελπίδα δεν έχει χαθεί εντελώς ακόμα.»

« Je vais économiser cet argent pour rembourser les dettes de mes parents. »

«Θα μαζέψω τα χρήματα για να ξεπληρώσω το χρέος των γονιών μου.»

« Je ne peux rien faire tant qu'ils lui doivent de l'argent. »

«Δεν μπορώ να κάνω τίποτα όσο του χρωστάνε ακόμα χρήματα.»

« Mais une fois la dette remboursée, je le ferai sans aucun doute. »

«Αλλά όταν το χρέος αποπληρωθεί, σίγουρα θα το κάνω.»

« Cela prendra probablement encore cinq à six ans. »

«Πιθανότατα θα χρειαστούν άλλα πέντε με έξι χρόνια».

« Oui, alors la grande séparation aura certainement lieu. »

«Ναι, τότε ο μεγάλος χωρισμός σίγουρα θα γίνει.»

« Pour le moment, je dois me lever. »

«Προς το παρόν, ωστόσο, πρέπει να σηκωθώ από το κρεβάτι.»

« Parce que mon train part à cinq heures. »

«Επειδή το τρένο μου θα αναχωρήσει στις πέντε.»

Gregor regarda le réveil qui tic-tac sur la table.

Ο Γκρέγκορ κοίταξε το ξυπνητήρι που χτυπούσε πάνω στο τραπέζι.

« Père céleste ! » pensa-t-il en regardant l'heure.

«Ουράνιε Πατέρα!» σκέφτηκε καθώς έβλεπε την ώρα.

Six heures et demie étaient déjà passées sans qu'on s'en aperçoive.

Η ώρα έξι και μισή είχε ήδη περάσει ήσυχα και είχε περάσει.

Et les aiguilles de l'horloge continuaient d'avancer d'elles-mêmes.

Και οι δείκτες του ρολογιού συνέχιζαν να κινούνται μπροστά.

Et il était presque sept heures quarante-cinq.

Και τώρα η ώρα πλησίαζε επτά παρά τέταρτο.

« Peut-être que le réveil n'a pas sonné ? » pensa-t-il.

«Ίσως δεν είχε χτυπήσει το ξυπνητήρι για να με ξυπνήσει;» σκέφτηκε.

Depuis son lit, Gregor inspecta le réveil.

Από το κρεβάτι του ο Γκρέγκορ εξέτασε το ξυπνητήρι.

Le réveil était correctement réglé sur quatre heures.

Το ξυπνητήρι ήταν σωστά ρυθμισμένο για τις τέσσερις.

Il ne pouvait pas l'expliquer, mais l'alarme avait dû sonner.

Δεν μπορούσε να το εξηγήσει, αλλά πρέπει να χτύπησε ο συναγερμός.

« Comment ai-je pu dormir sans m'en rendre compte après avoir entendu le réveil ? »

«Πώς κοιμήθηκα μέχρι το ξυπνητήρι χωρίς να το καταλάβω;»

Quand elle sonne, l'alarme fait même trembler les meubles.

Όταν χτυπάει το ξυπνητήρι, τραντάζει ακόμη και τα έπιπλα.

Il savait que son sommeil n'avait pas été du tout paisible.

Ήξερε ότι ο ύπνος του δεν ήταν καθόλου γαλήνιος.

Mais c'est peut-être pour cela que son sommeil était beaucoup plus profond.

Αλλά ίσως γι' αυτό ο ύπνος του ήταν πολύ πιο βαθύς.

Il devait réfléchir à ce qu'il devait faire maintenant.

Έπρεπε να σκεφτεί τι έπρεπε να κάνει τώρα.

Le train suivant ne partait qu'à sept heures.

Το επόμενο τρένο δεν αναχώρησε παρά στις επτά η ώρα.

Prendre ce train serait quasiment impossible.

Το να προλάβω αυτό το τρένο θα ήταν σχεδόν αδύνατο.

Et il n'avait pas encore emporté les textiles dont il avait besoin.

Και δεν είχε συσκευάσει ακόμα τα υφάσματα που χρειαζόταν.

Il ne se sentait pas particulièrement frais et agile non plus.

Δεν ένιωθε ούτε ιδιαίτερα φρέσκος ούτε ευκίνητος.

Il y avait peut-être une chance de monter dans le train.

Ίσως υπήρχε η ευκαιρία να μπω στο τρένο.

Mais une réprimande du patron était inévitable de toute façon.

Αλλά μια επίπληξη από το αφεντικό ήταν αναπόφευκτη σε κάθε περίπτωση.

Le commis aurait pris le train de cinq heures.

Ο υπάλληλος θα είχε μπει στο τρένο των πέντε η ώρα.

Le commis de bureau était une créature sans envergure, à la solde du patron.

Ο υπάλληλος γραφείου ήταν ένα άσπονδο πλάσμα του αφεντικού.

L'absence de Gregor aurait donc déjà été signalée.

Έτσι, η απουσία του Γκρέγκορ θα είχε ήδη αναφερθεί.

« Et si je me faisais porter malade ? » se demandait Gregor.

«Τι θα γίνει αν δηλωθώ άρρωστος;» σκεφτόταν ο Γκρέγκορ.

Mais ce serait extrêmement embarrassant et suspect.

Αλλά αυτό θα ήταν εξαιρετικά αμήχανο και ύποπτο.

Gregor n'avait jamais été malade pendant la période où il avait travaillé là-bas.

Ο Γκρέγκορ δεν είχε αρρωστήσει ποτέ όσο εργαζόταν εκεί.

Et il leur avait déjà consacré cinq années de service.

Και τους είχε ήδη δώσει πέντε χρόνια υπηρεσίας.

Il y avait de fortes chances que le patron vienne prendre de ses nouvelles.

Το πιθανότερο ήταν ότι το αφεντικό θα ερχόταν να τον ελέγξει.

Il amènerait probablement le médecin de l'assurance maladie.

Πιθανότατα θα έφερνε τον γιατρό της ασφάλισης υγείας.

Et il blâmait les parents pour la paresse de leur fils.

Και θα κατηγορούσε τους γονείς για τον τεμπέλη γιο τους.

Ils ne pourraient formuler aucune objection à son égard.

Δεν θα μπορούσαν να του φέρουν καμία αντίρρηση.

Car pour lui, il n'y avait que deux sortes de travailleurs.

Επειδή γι' αυτόν υπήρχαν μόνο δύο είδη εργατών.

Soit les ouvriers étaient en parfaite santé, soit ils rechignaient à travailler.

Είτε οι εργαζόμενοι ήταν απολύτως υγιείς είτε ντρεπόντουσαν να εργαστούν.

Et aurait-il même tort dans cette analyse de base ?

Και θα έκανε άραγε λάθος σε αυτή τη βασική ανάλυση;

Assurément, dans ce cas précis, son argument était solide.

Σίγουρα, σε αυτή την περίπτωση, είχε ένα ισχυρό επιχείρημα.

Malgré son apparence, Gregor se sentait en réalité plutôt bien.

Παρά την εμφάνισή του, ο Γκρέγκορ ένιωθε στην πραγματικότητα αρκετά καλά.

Ce long sommeil inutile l'avait rendu un peu somnolent.

Ο περιττός μακρύς ύπνος τον έκανε να νυστάξει λίγο.

Mais à part ça, il ne pouvait pas se plaindre de maladie.

Αλλά εκτός από αυτό δεν μπορούσε να παραπονεθεί για ασθένεια.

Il ressentait même une faim particulièrement forte et saine.

Ένιωθε μάλιστα μια ιδιαίτερα έντονη και υγιή πείνα.

Tandis qu'il nourrissait ces pensées, l'horloge sonna de nouveau.

Ενώ έκανε αυτές τις σκέψεις, το ρολόι χτύπησε ξανά.

Selon l'alarme, il était alors sept heures moins le quart.

Σύμφωνα με το συναγερμό, ήταν πλέον επτά παρά τέταρτο.

Et maintenant, on frappa doucement à la porte.

Και τώρα ακούστηκε επίσης ένα απαλό χτύπημα στην πόρτα.

« Gregor », l'appela quelqu'un – c'était sa mère.

«Γκρέγκορ», του φώναξε κάποιος – ήταν η μητέρα.

« Il est sept heures moins le quart », a-t-elle confirmé en entendant l'alarme.

«Είναι επτά παρά τέταρτο», επιβεβαίωσε τον συναγερμό.

« Tu ne voulais pas partir ? » demanda la douce voix.

«Δεν ήθελες να φύγεις;» ρώτησε η απαλή φωνή.

Gregor eut peur en entendant sa voix répondre.

Ο Γκρέγκορ τρόμαξε όταν άκουσε τη φωνή του να απαντάει.

Sa voix était toujours la même.

Η φωνή ήταν ακόμα η φωνή που είχε πάντα.

Mais une nouvelle sonorité s'était désormais mêlée à sa voix.

Αλλά τώρα ένας νέος ήχος αναμειγνύονταν στη φωνή του.

Un couinement douloureux s'échappa également du plus profond de lui.

Από βαθιά μέσα του βγήκε κι ένα επώδυνο τρίξιμο.

Au début, sa voix semblait former des mots avec clarté.

Στην αρχή η φωνή του φάνηκε να σχηματίζει λέξεις με καθαρότητα.

Mais alors, Gregor entendit l'écho mental de sa voix.

Αλλά τότε ο Γκρέγκορ άκουσε την νοερή ηχώ της φωνής του.

L'enregistrement de sa voix s'est interrompu de façon étrange.

Η ηχογράφηση της φωνής του έσπασε με έναν περίεργο τρόπο.

Et il n'était pas sûr d'avoir bien entendu.

Και δεν ήταν σίγουρος αν άκουγε τα πράγματα σωστά.

Gregor éprouvait un profond désir de donner une réponse détaillée.

Ο Γκρέγκορ ένιωσε μια βαθιά επιθυμία να δώσει μια λεπτομερή απάντηση.

Il voulait tout expliquer clairement à sa mère.

Ήθελε να εξηγήσει τα πάντα με σαφήνεια στη μητέρα του.

Mais, compte tenu des circonstances, il devait se limiter.

Αλλά, δεδομένων των συνθηκών, έπρεπε να περιορίσει τον εαυτό του.

Et sa réponse fut beaucoup plus brève qu'il ne l'aurait souhaité.

Και απάντησε πολύ πιο σύντομα από όσο θα ήθελε.

"Oui maman, ne t'inquiète pas, merci, je suis déjà levée."

«Ναι μητέρα, μην ανησυχείς, ευχαριστώ, είμαι ήδη ξύπνια.»

La porte en bois a probablement contribué à étouffer sa voix.

Η ξύλινη πόρτα πιθανότατα βοήθησε στο να πνίξει τη φωνή του.

À l'extérieur, le changement dans la voix de Gregor est resté inaperçu.

Έξω η αλλαγή στη φωνή του Γκρέγκορ παρέμεινε απαρατήρητη.

La mère semblait satisfaite de son explication.

Η μητέρα φάνηκε να είναι ικανοποιημένη με την εξήγησή του.

Et elle repartit aussi discrètement qu'elle était venue.

Και έφυγε ξανά το ίδιο ήσυχα όπως είχε έρθει.

Mais cette petite conversation a eu un effet indésirable.

Αλλά η μικρή συζήτηση είχε ένα ανεπιθύμητο αποτέλεσμα.

Il a attiré l'attention des autres membres de la famille.

Τράβηξε την προσοχή των άλλων μελών της οικογένειας.

Gregor était toujours chez lui et n'était pas allé travailler.

Ο Γκρέγκορ ήταν ακόμα στο σπίτι και δεν είχε πάει στη δουλειά.

Et maintenant, le père frappa lui aussi à la porte de côté.

Και τώρα ο πατέρας χτύπησε και την πλαϊνή πόρτα.

Il frappa faiblement, mais avec détermination, du poing.

Χτύπησε αδύναμα, αλλά αποφασιστικά, με τη γροθιά του.

« Gregor, Gregor », appela-t-il, « quel est le problème ? »

«Γκρέγκορ, Γκρέγκορ», φώναξε, «ποιο είναι το πρόβλημα;»

Au bout d'un moment, il avertit de nouveau d'une voix plus grave.

Μετά από λίγο, προειδοποίησε ξανά με πιο βαθιά φωνή.

Mais la sœur frappa alors à la porte de l'autre côté.

Αλλά στην άλλη πλαϊνή πόρτα χτύπησε τώρα η αδελφή.

« Gregor ? Tu ne te sens pas bien ? » demanda-t-elle doucement.

«Γκρέγκορ; Δεν είσαι καλά;» ρώτησε σιγανά.

« Avez-vous besoin de quelque chose ? » demanda-t-elle, inquiète.

«Χρειάζεσαι κάτι;» ρώτησε ανήσυχα.

Gregor a répondu aux deux parties : « J'ai déjà terminé. »

Ο Γκρέγκορ απάντησε και στις δύο πλευρές: «Έχω ήδη τελειώσει».

Il avait fait de son mieux pour prononcer tous les mots avec soin.

Είχε κάνει ό,τι μπορούσε για να προφέρει όλες τις λέξεις προσεκτικά.

Et il a gommé tout ce qui était ostentatoire dans sa voix.

Και αφαίρεσε οτιδήποτε ήταν εμφανές στη φωνή του.

Le père semblait également satisfait de la réponse.

Ο πατέρας φάνηκε επίσης ικανοποιημένος με την απάντηση.

Et il retourna à son petit-déjeuner inachevé.

Και επέστρεψε στο ημιτελές πρωινό του.

Mais la sœur murmura : « Gregor, ouvre la bouche, je t'en supplie. »

Αλλά η αδερφή ψιθύρισε, «Γκρέγκορ, άνοιξε, σε παρακαλώ».

Mais son inquiétude à son égard ne parvenait en rien à l'émouvoir.

Αλλά η ανησυχία της γι' αυτόν δεν μπορούσε να τον συγκινήσει με κανέναν τρόπο.

Gregor n'avait aucune intention de lui ouvrir la porte.

Ο Γκρέγκορ δεν είχε καμία πρόθεση να της ανοίξει την πόρτα.

Ses voyages lui avaient permis d'acquérir certaines habitudes de prudence.

Είχε αποκτήσει κάποιες προσεκτικές συνήθειες από τα ταξίδια.

Et il se félicita d'avoir verrouillé les portes.

Και επαίνεσε τον εαυτό του που κλείδωσε τις πόρτες.

Il voulait d'abord se lever tranquillement, à son propre rythme.

Πρώτα ήθελε να ξυπνήσει ήσυχα στον δικό του χρόνο.

Et, sans être dérangé, il voulut s'habiller.

Και, χωρίς να τον ενοχλήσουν, ήθελε να ντυθεί.

Cela étant fait, il voulut ensuite prendre son petit-déjeuner.

Αφού το πέτυχε αυτό, ήθελε να φάει πρωινό.

Ce n'est qu'alors qu'il a souhaité examiner la situation plus en détail.

Μόνο τότε ήθελε να εξετάσει περαιτέρω την κατάσταση.

Il savait qu'il était inutile de faire des projets au lit.

Ήξερε ότι δεν είχε νόημα να κάνει σχέδια στο κρεβάτι.

Il serait impossible de parvenir à une conclusion sensée.

Η επίτευξη ενός λογικού συμπεράσματος θα ήταν αδύνατη.

Il lui était déjà arrivé de se réveiller avec de légères douleurs.

Υπήρξαν κι άλλες φορές που ξυπνούσε με ελαφρούς πόνους.

Ces douleurs se sont toujours révélées être de pures inventions de l'imagination.

Αυτοί οι πόνοι αποδεικνύονταν πάντα καθαρή φαντασία.

En me levant du lit, la douleur disparaissait invariablement.

Όταν σηκώνονταν από το κρεβάτι, ο πόνος πάντα υποχωρούσε.

Il était curieux de voir ce qu'il adviendrait de ces idées.

Ήταν περίεργος να δει τι θα συνέβαινε με αυτές τις ιδέες.

Le changement de sa voix était probablement dû à un rhume.

Η αλλαγή στη φωνή του πιθανότατα οφειλόταν απλώς σε κάποιο κρυολόγημα.

Le rhume est un risque professionnel courant pour les voyageurs.

Τα κρυολογήματα αποτελούν απλώς έναν επαγγελματικό κίνδυνο για τους ταξιδιώτες.

Il ne doutait pas que c'était l'explication logique.

Δεν είχε καμία αμφιβολία ότι αυτή ήταν η λογική εξήγηση.

Il s'est facilement dégagé de la couverture.

Το να βγάλει την κουβέρτα από πάνω του ήταν εύκολο.

Il lui suffisait d'inspirer et de se gonfler.

Το μόνο που έπρεπε να κάνει ήταν να εισπνεύσει και να φουσκώσει τον αέρα.

La couverture glissa de son corps et tomba sur le sol.

Η κουβέρτα γλίστρησε από το σώμα του και έπεσε στο πάτωμα.

Son corps incroyablement large rendait d'autres choses difficiles.

Το απίστευτα φαρδύ σώμα του δυσκόλευε άλλα πράγματα.

Il aurait eu besoin de bras et de mains pour se tenir debout.

Θα χρειαζόταν χέρια και μπράτσα για να σταθεί όρθιος.

Mais il n'avait plus les membres qu'il avait autrefois.

Αλλά δεν είχε τα άκρα που είχε παλιά.

Au lieu de bras et de mains, il avait plein de petites jambes.

Αντί για χέρια και χεράκια, είχε πολλά μικρά ποδαράκια.

Et ses jambes bougeaient sans cesse, sans qu'il puisse les contrôler.

Και τα πόδια του κινούνταν συνεχώς, χωρίς τον έλεγχό του.

Il a essayé de plier une jambe, mais au lieu de cela, elle s'est étirée.

Προσπάθησε να λυγίσει το ένα πόδι, αλλά αντίθετα τεντώθηκε.

Il parvint finalement à contrôler une jambe.

Τελικά κατάφερε να θέσει υπό τον έλεγχό του το ένα του πόδι.

Mais ensuite, le mouvement des autres pattes a été libéré.

Αλλά τότε η κίνηση των άλλων ποδιών απελευθερώθηκε.

Et toutes ses jambes frémissaient d'excitation extrême.

Και όλα τα πόδια του τραντάχτηκαν από υπερβολικό ενθουσιασμό.

Il a d'abord voulu sortir le bas de son corps du lit.

Πρώτα ήθελε να σηκώσει το κάτω μέρος του σώματός του από το κρεβάτι.

Mais il n'avait pas encore vu le bas de son corps.

Αλλά δεν είχε δει ακόμα το κάτω μέρος του σώματός του.

Et de toute façon, déplacer cette pièce s'est avéré trop difficile.

Και αποδείχθηκε πολύ δύσκολο να μετακινηθεί αυτό το μέρος ούτως ή άλλως.

Finalement, de toutes ses forces, il fit un geste audacieux.

Τελικά, με όλη του τη δύναμη, έκανε μια άγρια κίνηση.

Sans plus hésiter, il s'avança.

Χωρίς άλλο δισταγμό, προχώρησε μπροστά.

Mais il avait choisi la mauvaise direction.

Αλλά είχε επιλέξει τη λάθος κατεύθυνση για να κινηθεί.

Il s'est violemment cogné le corps contre le montant inférieur du lit.

Χτύπησε βίαια το σώμα του στον κάτω στύλο του κρεβατιού.

La douleur brûlante qu'il ressentait lui a appris une précieuse leçon.

Ο καυστικός πόνος που ένιωθε του δίδαξε ένα πολύτιμο μάθημα.

La partie inférieure de son corps était peut-être plus sensible.

Το κάτω μέρος του σώματός του ήταν ίσως πιο ευαίσθητο.

Il a donc commencé par sortir le haut de son corps du lit.

Έτσι προσπάθησε πρώτα να σηκώσει το πάνω μέρος του σώματός του από το κρεβάτι.

Il tourna prudemment la tête dans la bonne direction.

Γύρισε προσεκτικά το κεφάλι του προς τη σωστή κατεύθυνση.

Et bientôt, sa tête se retrouva face au bord du lit.

Και σύντομα το κεφάλι του ήταν στραμμένο στην άκρη του κρεβατιού.

Ce mouvement prudent lui était en réalité facile.

Αυτή η προσεκτική κίνηση ήταν στην πραγματικότητα εύκολη γι' αυτόν.

Et sa largeur et son poids ne l'empêchaient pas de se déplacer.

Και το πλάτος και το βάρος του δεν εμπόδιζαν την κίνησή του.

La masse de son corps suivit lentement le mouvement de sa tête.

Η μάζα του σώματός του ακολουθούσε αργά τη στροφή του κεφαλιού.

Mais ensuite, il a passé la tête au-dessus du bord du lit.

Αλλά μετά κράτησε το κεφάλι του πάνω από την άκρη του κρεβατιού.

Et il dut faire face à une nouvelle peur à laquelle il n'avait pas encore pensé.

Και αντιμετώπισε έναν νέο φόβο που δεν είχε σκεφτεί ακόμα.

Poursuivre dans cette voie pourrait s'avérer dangereux.

Η περαιτέρω πρόοδος με αυτόν τον τρόπο θα μπορούσε να είναι επικίνδυνη.

Il pensait qu'il allait simplement se laisser tomber.

Νόμιζε ότι απλώς θα άφηνε τον εαυτό του να πέσει.

Mais ce serait un miracle s'il ne s'était pas blessé à la tête.

Αλλά θα ήταν θαύμα αν δεν τραυματιζόταν στο κεφάλι.

Ce n'était pas le moment de risquer de perdre connaissance.

Δεν ήταν τώρα η κατάλληλη στιγμή για να ρισκάρει να χάσει τις αισθήσεις του.

Finalement, il vaudrait peut-être mieux rester au lit.

Ίσως θα ήταν καλύτερο να μείνουμε στο κρεβάτι τελικά.

Mais il devait ensuite faire le même effort pour revenir.

Αλλά μετά έπρεπε να καταβάλει την ίδια προσπάθεια για να επιστρέψει.

Après tous ces efforts, il était allongé là, exactement comme avant.

Μετά από όλη αυτή την προσπάθεια, ήταν ξαπλωμένος εκεί όπως και πριν.

Et maintenant, ses jambes semblaient encore plus en colère qu'elles ne l'avaient été.

Και τώρα τα πόδια του φαίνονταν ακόμη πιο ενοχλημένα από πριν.

Les mouvements de sa jambe étaient devenus encore plus incontrôlables.

Οι κινήσεις των ποδιών του είχαν γίνει ακόμα πιο ανεξέλεγκτες.

Il ne voyait aucun moyen de sortir de la situation dans laquelle il se trouvait.

Δεν έβλεπε κανέναν τρόπο να ξεφύγει από την κατάσταση στην οποία βρισκόταν.

Il était impossible de faire émerger la paix et l'ordre de ce chaos.

Η ειρήνη και η τάξη δεν μπορούσαν να βγουν από αυτό το χάος.

Mais il savait que rester au lit n'était pas une option non plus.

Αλλά ήξερε ότι το να μείνει στο κρεβάτι δεν ήταν επιλογή.

Tout sacrifier était l'option la plus sensée.

Το να θυσιάσουν τα πάντα ήταν η πιο λογική επιλογή.

Il s'accrochait au moindre espoir de pouvoir se lever.

Κρατούσε την παραμικρή ελπίδα να σηκωθεί από το κρεβάτι.

S'il y parvenait, tous les risques en auraient valu la peine.

Αν το κατάφερνε αυτό, κάθε ρίσκο θα άξιζε τον κόπο.

Mais il se souvenait aussi d'autre chose en même temps.

Αλλά ταυτόχρονα θυμήθηκε και κάτι άλλο.

« Mieux vaut réfléchir sereinement que de prendre des décisions désespérées. »

«Καλύτερες από τις απεγνωσμένες αποφάσεις είναι οι ήρεμες σκέψεις.»

Il concentra tous ses efforts sur la fenêtre.

Με όλη του την προσπάθεια έστρεψε τα μάτια του στο παράθυρο.

Mais ce qu'il vit ne lui insuffla guère de confiance ni de joie.

Αλλά αυτό που είδε δεν του έφερε τόση αυτοπεποίθηση και χαρά.

La brume matinale enveloppait toute la rue étroite.

Η πρωινή ομίχλη κάλυπτε όλο τον στενό δρόμο.

Le réveil sonna à nouveau ; il était maintenant sept heures.

Το ξυπνητήρι χτύπησε ξανά· τώρα ήταν επτά η ώρα.

« Il est déjà sept heures et il y a encore un épais brouillard. »

«Είναι ήδη επτά η ώρα και υπάρχει ακόμα τόση ομίχλη.»

Il resta un moment allongé, immobile, respirant faiblement.

Για λίγο έμεινε ξαπλωμένος ήσυχα, αναπνέοντας μόνο αδύναμα.

Un peu de calme permettrait peut-être de retrouver une certaine normalité.

Ίσως λίγη ηρεμία να έφερνε και την κανονικότητα.

Un silence complet pourrait engendrer les conditions réelles.

Η απόλυτη σιωπή θα μπορούσε να επιφέρει τις πραγματικές συνθήκες.

Mais avant que l'horloge ne sonne à nouveau, il rompit le silence.

Αλλά πριν χτυπήσει ξανά το ρολόι, έσπασε τη σιωπή.

«Avant que l'horloge ne sonne à nouveau, je dois être levé.»

«Πριν ξαναχτυπήσει το ρολόι, πρέπει να έχω σηκωθεί από το κρεβάτι.»

« Je dois absolument être complètement levé à ce moment-là. »

«Πρέπει οπωσδήποτε να έχω σηκωθεί εντελώς από το κρεβάτι μέχρι τότε.»

« Après 19h15, le bureau enverra quelqu'un. »

«Μετά τις επτά και τέταρτο το γραφείο θα στείλει κάποιον.»

"Parce que le bureau ouvrait avant sept heures."

«Επειδή το γραφείο άνοιξε πριν από τις επτά η ώρα.»

Et il commença alors à se balancer hors du lit.

Και τώρα άρχισε να σηκώνει το σώμα του από το κρεβάτι.

Il avait cessé de se concentrer sur le haut ou le bas de son corps.

Είχε εγκαταλείψει την εστίαση στο πάνω ή στο κάτω μέρος του σώματός του.

Il fallut sortir tout son corps du lit.

Όλο το μήκος του σώματός του έπρεπε να φύγει από το κρεβάτι.

Tomber de cette façon devrait protéger sa tête, pensa-t-il.

Αν πέσει από εδώ, θα έπρεπε να προστατεύσει το κεφάλι του, σκέφτηκε.

Il avait prévu de relever la tête lorsqu'il toucherait le sol.

Είχε σχεδιάσει να σηκώσει το κεφάλι του όταν θα έπεφτε στο έδαφος.

Son dos semblait suffisamment robuste pour encaisser le choc.

Το πίσω μέρος του σώματός του φαινόταν αρκετά σκληρό για την πρόσκρουση.

Et le tapis était là pour amortir l'atterrissage.

Και το χαλί ήταν εκεί για να μαλακώσει το πλατύσκαλο.

Ce qui le préoccupait le plus, cependant, c'était le bruit assourdissant.

Η μεγαλύτερη ανησυχία του, ωστόσο, ήταν ο δυνατός θόρυβος.

Le bruit fracassant effrayerait tous les occupants de la maison.

Ο ήχος του κρούσματος θα τρόμαζε όλους στο σπίτι.

Peut-être que le bruit fort ne les terrifierait pas.

Ίσως δεν θα φοβόντουσαν τον δυνατό θόρυβο.

Mais ils seraient certainement inquiets s'ils l'apprenaient.

Αλλά ήταν σίγουρο ότι θα ανησυχούσαν αν το άκουγαν.

Mais il fallait prendre le risque d'attirer l'attention.

Αλλά έπρεπε να αναληφθεί το ρίσκο να τραβήξει την προσοχή.

La nouvelle méthode s'apparentait davantage à un jeu qu'à un effort.

Η νέα μέθοδος ήταν περισσότερο ένα παιχνίδι παρά μια προσπάθεια.

Il devait balancer son corps par mouvements brusques et saccadés.

Έπρεπε να κουνάει το σώμα του με απότομες και σπασμωδικές κινήσεις.

Gregor était déjà à moitié sorti du lit.

Ο Γκρέγκορ είχε ήδη σηκωθεί στα μισά του κρεβατιού.

Une nouvelle idée venait de lui traverser l'esprit.

Τώρα, μια καινούρια σκέψη του ήρθε στο μυαλό.

« Tout serait si facile si quelqu'un venait à mon secours. »

«Θα ήταν όλα τόσο εύκολα αν κάποιος ερχόταν να με βοηθήσει.»

« Deux personnes fortes suffiraient amplement. »

«Δύο δυνατοί άνθρωποι θα ήταν απολύτως αρκετοί.»

Son père et la servante seraient assez forts.

Ο πατέρας του και η υπηρέτρια θα ήταν αρκετά δυνατοί.

Il leur suffirait de glisser leurs bras sous son dos.

Θα έπρεπε απλώς να γλιστρήσουν τα χέρια τους κάτω από την πλάτη του.

Et ensuite, ils pourraient facilement le sortir du lit.

Και μετά μπορούσαν εύκολα να τον ξεκολλήσουν από το κρεβάτι.

Peut-être auraient-ils dû réduire son poids progressivement.

Ίσως θα έπρεπε να μειώσουν σταδιακά το βάρος του.

Alors, espérons-le, les jambes auraient trouvé leur utilité.

Ας ελπίσουμε ότι τότε τα πόδια θα είχαν βρει τον σκοπό τους.

« Ne serait-il pas préférable, après tout, de demander de l'aide ? »

«Δεν θα ήταν τελικά καλύτερο να καλέσουμε για βοήθεια;»

Le problème, bien sûr, c'est qu'il avait verrouillé les portes.

Το πρόβλημα ήταν φυσικά ότι είχε κλειδώσει τις πόρτες.

Il y avait quelque chose dans cette idée qui le chatouillait.

Υπήρχε κάτι στη σκέψη που τον γαργαλούσε.

Et malgré ses difficultés, il ne put réprimer un sourire.

Και παρά τις δυσκολίες του, δεν μπορούσε να συγκρατήσει ένα χαμόγελο.

Il était déjà sur le point de perdre l'équilibre.

Ήταν ήδη κοντά στο να χάσει την ισορροπία του.

Chaque balancement le rapprochait un peu plus du moment où il basculerait du lit.

Κάθε κούνημα τον έφερνε πιο κοντά στο να σηκωθεί από το κρεβάτι.

Il allait bientôt devoir prendre la décision finale.

Σύντομα θα έπρεπε να πάρει την τελική απόφαση.

Dans cinq minutes, il serait sept heures et quart.

Σε πέντε λεπτά θα ήταν επτά και τέταρτο.

Tandis qu'il était plongé dans ces pensées, la sonnette retentit.

Ενώ έκανε αυτές τις σκέψεις, χτύπησε το κουδούνι της πόρτας.

« C'est quelqu'un du bureau », se dit-il.

«Αυτός είναι κάποιος από το γραφείο», είπε στον εαυτό του.

Et il fut presque paralysé de peur à cause du visiteur.

Και σχεδόν πάγωσε από φόβο εξαιτίας του επισκέπτη.

Ses jambes s'agitaient encore plus sauvagement qu'auparavant.

Τα πόδια του χόρευαν ακόμα πιο άγρια από πριν.

Mais ensuite, pendant un instant, tout resta silencieux.

Αλλά μετά, για μια στιγμή, όλα παρέμειναν σιωπηλά.

« Ils n'ouvriront pas la porte », se dit Gregor.

«Δεν θα ανοίξουν την πόρτα», είπε στον εαυτό του ο Γκρέγκορ.

Il était encore prisonnier d'un espoir insensé.

Ήταν ακόμα παγιδευμένος σε κάποια ανόητη ελπίδα.

Mais ensuite, bien sûr, la bonne s'est dirigée vers la porte.

Αλλά μετά, φυσικά, η υπηρέτρια περπάτησε προς την πόρτα.

Et, comme toujours, elle ouvrit la porte au visiteur.

Και, όπως πάντα, άνοιξε την πόρτα στον επισκέπτη.

Gregor n'avait besoin d'entendre que les premiers mots de bienvenue du visiteur.

Ο Γκρέγκορ χρειαζόταν μόνο να ακούσει τον πρώτο χαιρετισμό του επισκέπτη.

Il a tout de suite compris qui était venu le chercher.

Μπορούσε να καταλάβει αμέσως ποιος είχε έρθει να τον πάρει.

Le chef de bureau en personne était venu prendre des nouvelles de Samsa.

Ο ίδιος ο αρχιγραμματέας είχε έρθει να ελέγξει την κατάσταση του Σάμσα.

Pourquoi Gregor était-il le seul à être condamné à un tel sort ?

Γιατί ο Γκρέγκορ ήταν ο μόνος που καταδικάστηκε σε αυτή τη μοίρα;

Pourquoi lui seul a-t-il dû servir dans une telle organisation ?

Γιατί μόνο αυτός έπρεπε να υπηρετήσει σε έναν τέτοιο οργανισμό;

Le moindre oubli éveillait immédiatement les soupçons.

Η παραμικρή παράλειψη προκάλεσε αμέσως υποψίες.

Tous les employés qui travaillaient là-bas étaient-ils des scélérats ?

Ήταν όλοι οι υπάλληλοι που δούλευαν εκεί απατεώνες;

N'y avait-il donc parmi eux aucune personne fidèle et dévouée ?

Δεν υπήρχε κανένα πιστό και αφοσιωμένο άτομο ανάμεσά τους;

N'auraient-ils pas pu simplement envoyer un apprenti ?

Δεν θα μπορούσαν απλώς να στείλουν έναν μαθητευόμενο;

Toutes ces interrogations étaient-elles vraiment nécessaires ?

Ήταν όντως απαραίτητες όλες αυτές οι ερωτήσεις;

Le représentant autorisé devait-il se déplacer en personne ?

Έπρεπε να έρθει ο ίδιος ο εξουσιοδοτημένος εκπρόσωπος;

Fallait-il vraiment informer toute la famille innocente ?

Έπρεπε να ενημερωθεί ολόκληρη η αθώα οικογένεια;

Toutes ces considérations ont poussé Gregor à agir.

Όλες αυτές οι σκέψεις ώθησαν τον Γκρέγκορ σε δράση.

Il se hissa hors du lit de toutes ses forces.

Πετάχτηκε από το κρεβάτι με όλη του τη δύναμη.

Il y a eu une forte détonation, mais ce n'était pas vraiment un bruit.

Ακούστηκε ένας δυνατός κρότος, αλλά δεν ήταν στην πραγματικότητα θόρυβος.

La chute avait été légèrement amortie par le tapis.

Η πτώση είχε ελαφρώς μαλακώσει από το χαλί.

Son dos était plus élastique que Gregor ne l'avait imaginé.

Η πλάτη του ήταν πιο ελαστική από ό,τι νόμιζε ο Γκρέγκορ.

Le son était donc plus sourd et moins perceptible.

Έτσι ο ήχος ήταν πιο μουντός και όχι τόσο αισθητός.

Mais il n'avait pas fait attention à sa tête pendant sa chute.

Αλλά δεν είχε φροντίσει το κεφάλι του κατά τη διάρκεια της πτώσης.

Et lorsqu'il a touché le sol, il s'est aussi cogné la tête.

Και όταν έπεσε στο έδαφος, χτύπησε και το κεφάλι του.

Il se frotta la tête sur le tapis, en colère et souffrant.

Έτριψε το κεφάλι του στο χαλί από θυμό και πόνο.

Mais le gérant, qui se trouvait dans la pièce d'à côté, a entendu le bruit.

Αλλά ο διευθυντής στο διπλανό δωμάτιο άκουσε τον θόρυβο.

« Quelque chose est tombé là-dedans », a-t-il observé avec justesse.

«Κάτι έπεσε εκεί μέσα», παρατήρησε σωστά.

Gregor essaya d'imaginer le manager dans sa situation.

Ο Γκρέγκορ προσπάθησε να φανταστεί τον διευθυντή στη θέση του.

« La même chose pourrait-elle lui arriver ? » se demanda-t-il.

«Θα μπορούσε να του συμβεί το ίδιο;» αναρωτήθηκε.

Il a admis que cet étrange événement pouvait être possible.

Αποδέχτηκε ότι αυτό το παράξενο γεγονός θα μπορούσε να είναι πιθανό.

Puis le chef de bureau fit quelques pas vers la pièce.

Και τότε ο αρχιγραμματέας έκανε μερικά βήματα προς το δωμάτιο.

C'était presque une réponse grossière à la question qu'il avait posée.

Ήταν σχεδόν μια πρόχειρη απάντηση στην ερώτηση που έθεσε.

Ses bottes en cuir grinçaient lorsqu'il s'approcha de la porte.

Οι δερμάτινες μπότες του έτριξαν καθώς πλησίαζε την πόρτα.

Depuis la pièce située à sa droite, sa servante lui chuchota quelque chose.

Από το δωμάτιο στα δεξιά του, η υπηρέτριά του του ψιθύρισε.

"Gregor, le représentant autorisé est ici."

«Γκρέγκορ, ο εξουσιοδοτημένος εκπρόσωπος είναι εδώ.»

« Je sais », dit Gregor, mais seulement à voix basse pour lui-même.

«Το ξέρω», είπε ο Γκρέγκορ, αλλά μόνο σιγά στον εαυτό του.

Il n'osait pas élever la voix au-dessus d'un murmure.

Δεν τολμούσε να υψώσει τη φωνή του πάνω από έναν ψίθυρο.

Parce que Gregor ne voulait pas que sa sœur l'entende.

Επειδή ο Γκρέγκορ δεν ήθελε να τον ακούσει η αδερφή του.

« Gregor », dit le père depuis la pièce de gauche.

«Γκρέγκορ», είπε ο πατέρας από το δωμάτιο στα αριστερά.

«Le responsable est venu vérifier quel est le problème.»

«Ο διευθυντής ήρθε να ελέγξει ποιο είναι το πρόβλημα.»

« Il vous a demandé pourquoi vous n'aviez pas pris le premier train. »

«Με ρώτησε γιατί δεν έφυγες με το πρωινό τρένο.»

« Nous ne savons pas quoi lui dire », a déclaré le père.

«Δεν ξέρουμε τι να του πούμε», είπε ο πατέρας.

« D'ailleurs, il souhaite également vous parler personnellement. »

«Παρεμπιπτόντως, θέλει επίσης να σου μιλήσει προσωπικά.»

« Veuillez ouvrir la porte, afin qu'il puisse vous parler. »

«Σε παρακαλώ άνοιξε την πόρτα, για να μπορέσει να σου μιλήσει.»

« Il aura la gentillesse d'excuser le désordre dans la chambre. »

«Θα έχει την καλοσύνη να συγχωρήσει την ακαταστασία στο δωμάτιο.»

« Bonjour, Monsieur Samsa », lui lança le directeur.

«Καλημέρα, κύριε Σάμσα», του φώναξε ο διευθυντής.

Et il lui a certainement parlé de manière amicale.

Και σίγουρα του μίλησε με φιλικό τρόπο.

« Il ne se sent pas bien », dit la mère au gérant.

«Δεν είναι καλά», είπε η μητέρα στον διευθυντή.

« Il ne va pas bien du tout, croyez-moi, cher manager. »

«Δεν είναι καθόλου καλά, πιστέψτε με, αγαπητέ διευθυντή.»

« Sinon, pourquoi Gregor aurait-il raté le train du matin ? »

«Γιατί αλλιώς να χάσει ο Γκρέγκορ το πρωινό τρένο;»

«Le garçon ne pense qu'à ses affaires.»

«Το αγόρι δεν έχει τίποτα στο μυαλό του παρά μόνο τις δουλειές.»

« Cela m'agace presque qu'il ne fasse rien d'autre. »

«Σχεδόν με ενοχλεί που δεν κάνει τίποτα άλλο.»

« J'aimerais qu'il sorte le soir pour prendre l'air. »

«Μακάρι να έβγαινε τα βράδια για καθαρό αέρα.»

« Il était en ville pendant huit jours pour affaires. »

«Ήταν στην πόλη για οκτώ ημέρες για επαγγελματικές υποχρεώσεις.»

« Mais il était chez lui tous les soirs. »

«Αλλά ήταν σπίτι κάθε βράδυ.»

«Il s'assoit à notre table et lit le journal.»

«Κάθεται στο τραπέζι μας και διαβάζει την εφημερίδα.»

« À d'autres moments, il étudie les horaires des trains. »

«Άλλες φορές, μελετά τα δρομολόγια των τρένων.»

«Il lui arrive de s'occuper en faisant de la menuiserie.»

«Μερικές φορές ασχολείται με ξυλουργικές εργασίες.»

« Par exemple, il a sculpté un petit cadre photo en bois. »

«Για παράδειγμα, σκάλισε μια μικρή ξύλινη κορνίζα.»

« Pendant deux ou trois soirées, il était occupé avec la scie. »

«Για πάνω από δύο ή τρία βράδια ήταν απασχολημένος με το πριόνι.»

«Vous serez étonné(e) de voir à quel point le cadre photo est joli.»

«Θα εκπλαγείτε με το πόσο όμορφη είναι η κορνίζα.»

«Il a accroché le cadre photo dans sa chambre.»

«Έχει κρεμάσει την κορνίζα στο δωμάτιό του.»

« Quand il ouvrira la porte, vous verrez ses boiseries. »

«Όταν ανοίξει την πόρτα, θα δείτε τα ξυλόγλυπτά του.»

« Au fait, je suis ravi que vous soyez ici, Monsieur Prokurist. »

«Παρεμπιπτόντως, χαίρομαι που είστε εδώ, κύριε Προκούριστ.»

« Nous n'aurions pas pu, à nous seuls, forcer Gregor à ouvrir la porte. »

«Μόνοι μας δεν θα μπορούσαμε να κάνουμε τον Γκρέγκορ να ανοίξει την πόρτα.»

« Il est tellement têtu », a avoué sa mère au vendeur.

«Είναι τόσο πεισματάρης», ομολόγησε η μητέρα του στον υπάλληλο.

« Il est certainement malade, même s'il l'a nié auparavant. »

«Σίγουρα δεν είναι καλά, αν και το είχε αρνηθεί στο παρελθόν.»

« J'arrive tout de suite », dit Gregor lentement et prudemment.

«Θα έρθω αμέσως», είπε ο Γκρέγκορ αργά και προσεκτικά.

Mais il ne fit aucun mouvement vers la porte de la pièce.

Αλλά δεν έκανε καμία κίνηση προς την πόρτα του δωματίου.

Il ne voulait pas perdre un seul mot de la conversation.

Δεν ήθελε να χάσει ούτε λέξη από τη συζήτηση.

Le chef de bureau a approuvé l'évaluation de la mère.

Ο αρχιγραμματέας συμφώνησε με την εκτίμηση της μητέρας.

« Je ne peux pas l'expliquer autrement non plus, madame. »

«Ούτε εγώ μπορώ να το εξηγήσω αλλιώς, κυρία μου.»

« Espérons tous qu'il ne souffre d'aucune maladie grave », a-t-il déclaré.

«Ας ελπίσουμε όλοι ότι δεν έχει κάποια σοβαρή ασθένεια», είπε.

« D'un autre côté, c'est un risque pour notre secteur. »

«Από την άλλη πλευρά, αποτελεί κίνδυνο για τον κλάδο μας.»

« Nous, les hommes d'affaires, devons souvent surmonter un certain malaise. »

«Εμείς οι επιχειρηματίες συχνά πρέπει να ξεπεράσουμε την ταλαιπωρία.»

« Les professionnels doivent simplement faire abstraction des petites douleurs. »

«Οι επαγγελματίες απλώς πρέπει να ξεπεράσουν τους μικρούς πόνους.»

Pendant ce temps, son père frappa de nouveau à l'autre porte.

Εν τω μεταξύ, ο πατέρας του χτύπησε ξανά την άλλη πόρτα.

« Le chef de bureau peut-il entrer maintenant ? » demanda-t-il.

«Μπορεί να μπει τώρα ο αρχιγραμματέας;» ήθελε να μάθει.

« Non, il ne peut pas », répondit Gregor à la question de son père.

«Όχι, δεν μπορεί», απάντησε ο Γκρέγκορ στην ερώτηση του πατέρα του.

Un silence gênant s'installa dans la pièce de gauche.

Μια αμήχανη σιωπή έπεσε στο δωμάτιο στα αριστερά.

Dans la pièce de droite, la sœur se mit à sangloter.

Στο δωμάτιο στα δεξιά η αδελφή άρχισε να κλαίει με λυγμούς.

Pourquoi la sœur n'était-elle pas partie rejoindre les autres ?

Γιατί δεν είχε πάει η αδελφή να είναι με τους άλλους;

Elle venait probablement de se lever, pensa-t-il.

Μάλλον μόλις είχε σηκωθεί από το κρεβάτι, σκέφτηκε.

Elle n'a peut-être même pas encore commencé à s'habiller.

Μπορεί να μην είχε καν αρχίσει να ντύνεται ακόμα.

Mais Gregor ne comprenait pas pourquoi elle pleurait.

Αλλά ο Γκρέγκορ δεν μπορούσε να καταλάβει γιατί έκλαιγε.

Était-ce parce qu'il ne s'était pas levé pour laisser entrer le directeur ?

Μήπως επειδή δεν σηκώθηκε και δεν άφησε τον διευθυντή να μπει;

Était-ce parce qu'il risquait de perdre son emploi ?

Μήπως επειδή κινδύνευε να χάσει τη δουλειά του;

Le patron pourrait-il s'en prendre aux parents comme avant ?

Μήπως το αφεντικό κυνηγήσει τους γονείς όπως πριν;

Allait-il leur formuler à nouveau les mêmes exigences qu'auparavant ?

Θα τους έθετε ξανά τις παλιές απαιτήσεις;

Il n'y avait probablement pas lieu de s'inquiéter de ces choses-là.

Αυτά τα πράγματα μάλλον δεν χρειάζονταν να ανησυχούν.

Pour le moment, elle n'avait aucune raison de pleurer.

Προς το παρόν δεν είχε κανένα λόγο να κλαίει.

Gregor était toujours là, subvenant aux besoins de sa famille.

Ο Γκρέγκορ ήταν ακόμα εδώ, φροντίζοντας την οικογένεια.

Et il n'a jamais eu l'intention de quitter sa famille.

Και ποτέ δεν είχε σκοπό να εγκαταλείψει την οικογένεια.

Pour le moment, il restait simplement allongé là, sur le tapis.

Προς το παρόν, απλώς έμεινε ξαπλωμένος πάνω στο χαλί.

La famille ignorait son état.

Η οικογένεια δεν γνώριζε την κατάσταση στην οποία βρισκόταν.

S'ils avaient su, ils n'auraient pas encouragé son patron.

Αν ήξεραν ότι δεν θα είχαν ενθαρρύνει το αφεντικό του.

Ils n'auraient même pas laissé entrer le gérant.

Δεν θα άφηναν ούτε τον διευθυντή να μπει στο σπίτι.

Le refouler n'aurait pas été particulièrement impoli.

Το να τον διώξω δεν θα ήταν ιδιαίτερα αγενές.

Il aurait facilement pu trouver une excuse convenable plus tard.

Θα μπορούσε εύκολα να βρει μια κατάλληλη δικαιολογία αργότερα.

Ce n'était pas un motif de licenciement.

Δεν ήταν κάτι για το οποίο θα μπορούσε να απολυθεί.

Gregor pensait qu'il serait plus judicieux de le laisser tranquille désormais.

Ο Γκρέγκορ ένιωσε ότι θα ήταν πιο λογικό τώρα να τον αφήσουν μόνο του.

Le déranger en pleurant et en parlant n'a pas beaucoup aidé.

Το να τον ενοχλείς με κλάματα και ομιλίες δεν είχε κανένα αποτέλεσμα.

Mais c'était l'incertitude qui inquiétait les autres.

Αλλά η αβεβαιότητα ήταν αυτή που ενοχλούσε τους άλλους.

Et c'est cette incertitude qui a excusé leur comportement.

Και αυτή η αβεβαιότητα ήταν που δικαιολογούσε τη συμπεριφορά τους.

« Monsieur Samsa », appela le directeur d'une voix forte.

«Κύριε Σάμσα», φώναξε ο διευθυντής με υψωμένη φωνή.

« Qu'est-ce qui se passe avec toi ? » a-t-il voulu savoir.

«Τι σου συμβαίνει;» ήθελε να μάθει.

« Tu t'es barricadé dans ta chambre. »

«Έχεις οχυρωθεί στο δωμάτιό σου.»

«Vous ne pouvez répondre que par «oui» ou «non».»

«Απαντάς μόνο με ένα «ναι» ή ένα «όχι».»

«Vous causez de sérieux soucis à vos parents.»

«Προκαλείς στους γονείς σου σοβαρές ανησυχίες.»

« Je ne vois pas de bonne raison de les inquiéter. »

«Δεν βλέπω κανέναν καλό λόγο για τον οποίο θα τους ανησυχούσες.»

« Il y a une autre chose que je mentionnerai en passant. »

«Υπάρχει κάτι άλλο που θα αναφέρω παρεμπιπτόντως.»

«Vous négligez également vos obligations professionnelles envers nous.»

«Αμελείς επίσης τα επαγγελματικά σου καθήκοντα απέναντί μας.»

« Une telle irresponsabilité ne vous ressemble pas du tout. »

«Τέτοια ανευθυνότητα είναι εντελώς εκτός του χαρακτήρα σου.»

« Je parle ici au nom de vos parents et de votre patron. »

«Μιλώ εδώ εκ μέρους των γονιών σου και του αφεντικού σου.»

« Et je vous demande une explication immédiate et claire. »

«Και σας ζητώ μια άμεση και σαφή εξήγηση.»

« Je dois dire que tout cela m'étonne vraiment. »

«Όλο αυτό με εκπλήσσει πραγματικά, πρέπει να ομολογήσω.»

« Je pensais vous connaître comme une personne calme et raisonnable. »

«Νόμιζα ότι σε γνώριζα ως ένα ήρεμο και λογικό άτομο.»

« Mais maintenant, tu nous montres une autre facette de toi. »

«Αλλά τώρα μας δείχνεις μια διαφορετική πλευρά σου.»

«Vous faites soudain preuve de vos caprices très particuliers.»

«Ξαφνικά δείχνεις τις πολύ ιδιόρρυθμες ιδιοτροπίες σου.»

« Mais il pourrait y avoir une explication à votre échec. »

«Αλλά ίσως υπάρχει κάποια εξήγηση για την αποτυχία σου.»

« Le patron a mentionné une dette que vous aviez recouvrée pour nous. »

«Το αφεντικό ανέφερε ένα χρέος που μας είχες εισπράξει.»

« J'ai donné ma parole d'honneur au patron en votre nom. »

«Έδωσα τον λόγο της τιμής μου στο αφεντικό εκ μέρους σου.»

« Mais maintenant je vois votre obstination incompréhensible. »

«Αλλά τώρα βλέπω το ακατανόητο πείσμα σου.»

« Je pourrais encore perdre toute envie de vous aider. »

«Μπορεί να χάσω εντελώς την επιθυμία μου να σε βοηθήσω.»

«Votre sécurité d'emploi n'est en aucun cas totalement stable.»

«Η ασφάλεια της εργασίας σας δεν είναι σε καμία περίπτωση απόλυτα σταθερή.»

« À l'origine, je comptais vous dire tout cela en privé. »

«Αρχικά σκόπευα να σας τα πω όλα αυτά κατ' ιδίαν.»

« Mais maintenant je vois que vous voulez que je perde mon temps ici. »

«Αλλά τώρα βλέπω ότι θέλεις να σπαταλήσω τον χρόνο μου εδώ.»

«Je ne vois donc aucune raison pour que vos parents ne le sachent pas.»

«Οπότε δεν βλέπω κανένα λόγο για τον οποίο οι γονείς σου δεν θα έπρεπε να το μάθουν.»

«Vos récentes performances n'ont pas été satisfaisantes.»

«Η πρόσφατη απόδοσή σας δεν ήταν ικανοποιητική.»

« Je reconnais que les ventes sont plus lentes à cette période de l'année. »

«Παραδέχομαι ότι οι πωλήσεις είναι πιο αργές αυτή την εποχή του χρόνου.»

« Mais il n'y a pas de période de l'année où il n'y a pas de ventes. »

«Αλλά δεν υπάρχει εποχή του χρόνου που να μην υπάρχουν εκπτώσεις.»

Pendant un instant, Gregor oublia tout ce qui l'entourait.

Για μια στιγμή ο Γκρέγκορ ξέχασε τα πάντα γύρω του.

« Mais Monsieur Prokurist ! » s'écria Gregor, désespéré.

«Μα κύριε Προκούριστ», φώναξε απελπισμένος ο Γκρέγκορ.

« J'ouvre la porte tout de suite, maintenant, ne vous inquiétez pas. »

«Θα ανοίξω την πόρτα αμέσως, τώρα, μην ανησυχείς.»

«Le problème, c'est que je ne me sens pas très bien.»

«Το πρόβλημα είναι ότι ένιωθα αρκετά άσχημα.»

« Mes vertiges m'ont empêché d'atteindre la porte. »

«Η ζάλη μου με εμπόδισε να φτάσω στην πόρτα.»

« Je suis encore au lit, mais je me sens beaucoup mieux. »

«Είμαι ακόμα ξαπλωμένος στο κρεβάτι, αλλά νιώθω πολύ καλύτερα.»

«Un instant, s'il vous plaît, je viens de me lever.»

«Μια στιγμή, παρακαλώ, μόλις σηκώνομαι από το κρεβάτι.»

« Un instant de patience, c'est tout ce que je vous demande, Monsieur Prokurist. »

«Μια στιγμή υπομονής είναι το μόνο που ζητώ, κύριε Προκούριστ.»

« Ça ne se passe pas aussi bien que je le pensais, mais ça ira. »

«Δεν πάνε τα πράγματα τόσο καλά όσο νόμιζα, αλλά θα είμαι μια χαρά.»

« Comment une telle chose peut-elle arriver à une personne aussi rapidement ? »

«Πώς μπορεί να συμβεί κάτι τέτοιο σε έναν άνθρωπο τόσο γρήγορα;»

« Je me sentais bien hier soir, mes parents le savent. »

'Ενιωθα καλά χθες το βράδυ, οι γονείς μου το ξέρουν αυτό.»

« Mais peut-être avais-je déjà un petit pressentiment à ce moment-là. »

«Αλλά ίσως είχα ήδη μια μικρή προαίσθηση τότε.»

«Vous pourriez vous demander pourquoi je ne l'ai pas signalé au bureau.»

«Ίσως με ρωτήσετε γιατί δεν το ανέφερα στο γραφείο.»

« Je pensais que je me sentirais beaucoup mieux demain matin. »

«Νόμιζα ότι θα ένιωθα πολύ καλύτερα ξανά το πρωί.»

« On pense toujours qu'ils auront vaincu la maladie d'ici là. »

«Πάντα νομίζει κανείς ότι θα έχει νικήσει την ασθένεια μέχρι τότε.»

« Mais je vous en prie ! Épargnez mes parents de ces accusations ! »

"Αλλά σας παρακαλώ! Γλιτώστε τους γονείς μου από αυτές τις κατηγορίες!"

« On ne m'a pas dit un mot de ce que vous m'avez dit. »

«Δεν μου έχουν πει λέξη για αυτά που μου είπες.»

« Il se peut que vous n'ayez pas lu les dernières commandes que j'ai envoyées. »

«Μπορεί να μην διάβασες τις τελευταίες παραγγελίες που έστειλα.»

« Au fait, vous n'avez pas à vous inquiéter pour moi aujourd'hui. »

«Παρεμπιπτόντως, δεν χρειάζεται να ανησυχείς για μένα σήμερα.»

«Je vais quand même prendre le train de huit heures.»

«Θα πάρω ακόμα το τρένο των οκτώ η ώρα.»

« Ces quelques heures de repos m'ont suffisamment revigoré. »

«Οι λίγες ώρες ξεκούρασης με έχουν δυναμώσει αρκετά.»

« Vous n'avez vraiment pas besoin d'attendre, manager. »

«Δεν υπάρχει λόγος να περιμένετε, διευθυντά.»

« Moi aussi, je serai bientôt au bureau. »

«Κι εγώ θα είμαι στο γραφείο σύντομα.»

« Et s'il vous plaît, ayez la gentillesse de dire un mot en ma faveur. »

«Και σε παρακαλώ να είσαι τόσο ευγενικός/ή να πεις μια καλή κουβέντα για μένα.»

Gregor avait donné son explication assez précipitamment.

Ο Γκρέγκορ είχε πει την εξήγησή του αρκετά βιαστικά.

Il ne savait pas vraiment ce qu'il essayait de dire.

Δεν ήξερε τι πραγματικά προσπαθούσε να πει.

Il s'est approché de la boîte et a essayé de s'en servir pour se lever.

Πήγε στο κουτί και προσπάθησε να το χρησιμοποιήσει για να σηκωθεί.

Il avait vraiment l'intention d'ouvrir la porte.

Είχε πραγματικά κάθε πρόθεση να ανοίξει την πόρτα.

Il souhaitait être reçu par le représentant autorisé.

Ήθελε να τον δει ο εξουσιοδοτημένος εκπρόσωπος.

Et il voulait régler le problème avec lui personnellement.

Και ήθελε να λύσει το πρόβλημα μαζί του προσωπικά.

Il était impatient de savoir comment les autres réagiraient à son égard.

Ήταν πρόθυμος να μάθει πώς θα αντιδρούσαν οι άλλοι απέναντί του.

Ils doivent maintenant être impatients de savoir comment il va.

Πρέπει επίσης να ανυπομονούν πλέον να δουν πώς είναι.

Il y avait deux façons possibles dont ils pouvaient réagir face à lui.

Υπήρχαν δύο πιθανοί τρόποι με τους οποίους θα μπορούσαν να αντιδράσουν απέναντί του.

Une possibilité était qu'ils aient peur.

Μια πιθανότητα ήταν ότι θα φοβόντουσαν.

S'ils avaient peur, alors il n'en était pas responsable.

Αν ήταν φοβισμένοι, τότε δεν είχε καμία ευθύνη.

Et alors, il n'aurait plus à s'inquiéter de la situation.

Και τότε δεν θα χρειαζόταν να ανησυχεί για την κατάσταση.

Mais il y avait aussi une autre possibilité à envisager.

Υπήρχε όμως και μια άλλη πιθανότητα να σκεφτούμε.

Peut-être accepteraient-ils sereinement sa personnalité.

Ίσως θα αποδέχονταν ήρεμα τον τρόπο που ήταν.

Gregor n'aurait alors aucune raison de se fâcher non plus.

Τότε ούτε ο Γκρέγκορ θα είχε λόγο να αναστατωθεί.

Il y aurait encore assez de temps pour prendre le train.

Θα υπήρχε ακόμα αρκετός χρόνος για να προλάβουμε το τρένο.

Cependant, se tenir debout n'était pas une tâche facile.

Ωστόσο, το να στέκεσαι όρθιος δεν ήταν καθόλου εύκολη υπόθεση.

Lors de ses premières tentatives, il a glissé hors de la boîte.

Στις πρώτες του προσπάθειες γλίστρησε έξω από το κουτί.

La boîte était trop lisse pour qu'il puisse s'y appuyer.

Το κουτί ήταν πολύ λείο για να σταθεί απέναντί του.

Et finalement, il se donna un dernier effort pour se relever.

Και τελικά έδωσε στον εαυτό του μια τελευταία ώθηση για να σηκωθεί.

Il ne prêta plus attention à la douleur qu'il ressentait à l'abdomen.

Δεν έδωσε πια σημασία στον πόνο στην κοιλιά του.

Peu importe l'intensité de la douleur, il la surmonterait.

Όσο μεγάλος κι αν ήταν ο πόνος, θα τον ξεπερνούσε.

Il se laissa tomber contre le dossier d'une chaise voisine.

Άφησε τον εαυτό του να πέσει στην πλάτη μιας κοντινής καρέκλας.

Et il s'accrochait aux bords avec ses petites jambes.

Και κρατιόταν από τις άκρες με τα μικρά του ποδαράκια.

À ce stade, il avait repris le contrôle de lui-même.

Σε αυτό το σημείο είχε αποκτήσει μεγαλύτερο έλεγχο του εαυτού του.

Et sa chute fut plus silencieuse que la précédente.

Και η πτώση του ήταν πιο σιωπηλή από την προηγούμενη.

Parce qu'il devait écouter ce que disait le manager.

Επειδή έπρεπε να ακούσει τι έλεγε ο διευθυντής.

« Avez-vous compris quelque chose à tout cela ? » demanda-t-il aux parents.

«Καταλάβατε τίποτα από αυτά;» ρώτησε τους γονείς.

« Il ne se moquerait pas de nous, n'est-ce pas ? »

«Δεν θα μας έκανε ηλίθιο, έτσι δεν είναι;»

« Pour l'amour de Dieu ! » s'écria la mère, déjà en larmes.

«Για όνομα του Θεού», φώναξε η μητέρα, κλαίγοντας ήδη.

« Il est peut-être gravement malade et nous le tourmentons. »

«Μπορεί να είναι σοβαρά άρρωστος και να τον βασανίζουμε».

« Grete ! Grete ! » cria-t-elle à sa fille.

«Γκρέτε! Γκρέτε!» ούρλιαξε στην κόρη.

« Maman ? » appela la sœur de l'autre côté.

«Μητέρα;» φώναξε η αδερφή από την άλλη πλευρά.

Ils ont ensuite communiqué par l'intermédiaire de la chambre de Gregor.

Έπειτα επικοινώνησαν μέσω του δωματίου του Γκρέγκορ.

« Gregor est très malade et il a besoin de médicaments. »

«Ο Γκρέγκορ είναι πολύ άρρωστος και χρειάζεται φάρμακα.»

«Vous devrez aller chez le médecin immédiatement.»

«Θα πρέπει να πας αμέσως στον γιατρό.»

« Tu as entendu comment Gregor parlait tout à l'heure ? »

«Άκουσες τον τρόπο που μίλησε ο Γκρέγκορ μόλις τώρα;»

« C'était la voix d'un animal », a déclaré le gérant.

«Αυτή ήταν η φωνή ενός ζώου», είπε ο διευθυντής.

Ses paroles étaient douces comparées aux cris de la mère.

Τα λόγια του ήταν σιγανά σε σύγκριση με τις κραυγές της μητέρας.

« Anna ! Anna ! » appela le père depuis l'antichambre.

«Άννα! Άννα!» φώναξε ο πατέρας από τον προθάλαμο.

Et il a claqué des mains pour attirer leur attention.

Και χτύπησε τα χέρια του για να τραβήξει την προσοχή τους.

« Appelez immédiatement un serrurier ! » ordonna-t-il à la bonne.

«Φέρτε αμέσως έναν κλειδαρά!» διέταξε την υπηρέτρια.

Les filles, en jupes, traversèrent l'antichambre en courant.

Τα κορίτσια, με τις φούστες τους, έτρεξαν μέσα από τον προθάλαμο.

Et leurs jupes bruissaient lorsqu'elles passèrent en courant devant sa chambre.

Και οι φούστες τους θρόιζαν καθώς έτρεχαν δίπλα από το δωμάτιό του.

« Comment sa sœur a-t-elle fait pour s'habiller si vite ? » se demanda-t-il.

«Πώς ντύθηκε τόσο γρήγορα η αδερφή;» σκέφτηκε.

La porte a été arrachée, mais elle n'a pas été claquée.

Η πόρτα άνοιξε σκισμένα, αλλά δεν έκλεισε με δύναμη.

C'est fréquent dans les maisons où survient un grand malheur.

Αυτό είναι συνηθισμένο σε σπίτια όπου συμβαίνει μια μεγάλη ατυχία.

Mais tout cela avait considérablement apaisé Gregor.

Αλλά όλα αυτά είχαν κάνει τον Γκρέγκορ να γίνει πολύ πιο ήρεμος.

Quand il entendait ses propres paroles, elles lui paraissaient claires.

Όταν άκουσε τα δικά του λόγια, του φάνηκαν ξεκάθαρα.

En fait, il estimait que ses paroles avaient été plus claires.

Στην πραγματικότητα, ένιωθε ότι τα λόγια του ήταν πιο ξεκάθαρα.

Mais les autres ne comprenaient plus ce qu'il disait.

Αλλά οι άλλοι δεν καταλάβαιναν πια τι έλεγε.

Peut-être s'était-il habitué à ses oreilles à ce moment-là.

Ίσως είχε πλέον συνηθίσει τα αυτιά του.

Mais au moins, ils comprenaient maintenant mieux sa situation.

Αλλά τουλάχιστον τώρα καταλάβαιναν καλύτερα την κατάστασή του.

Ils se sont rendu compte qu'il y avait vraiment quelque chose qui n'allait pas chez lui.

Συνειδητοποίησαν ότι όντως κάτι δεν πήγαινε καλά με αυτόν.

Et ils faisaient maintenant tout leur possible pour l'aider.

Και τώρα έκαναν ό,τι μπορούσαν για να τον βοηθήσουν.

Cela redonna à Gregor un sentiment de confiance qui lui manquait.

Αυτό έδωσε στον Γκρέγκορ ένα αίσθημα αυτοπεποίθησης που του έλειπε.

Et il se sentait de nouveau beaucoup plus en sécurité au sein de sa famille.

Και ένιωθε ξανά πολύ πιο ασφαλής μέσα στην οικογένεια.

Il avait le sentiment d'être à nouveau intégré au cercle humain.

Ένιωθε ότι είχε συμπεριληφθεί ξανά στον ανθρώπινο κύκλο.

Il ne lui restait plus qu'à espérer que le serrurier puisse ouvrir la porte.

Τώρα έπρεπε να ελπίζει ότι ο κλειδαράς θα μπορούσε να ανοίξει την πόρτα.

Et il espérait que le médecin serait capable d'accomplir de telles tâches.

Και ήλπιζε ότι ο γιατρός θα μπορούσε να εκτελέσει τέτοιες εργασίες.

Il allait bientôt devoir reprendre la parole.

Σύντομα θα έπρεπε να μιλήσει ξανά περισσότερο.

Il allait falloir que sa voix soit aussi claire que possible.

Η φωνή του έπρεπε να είναι όσο το δυνατόν πιο καθαρή.

Pour se préparer à la réunion, il s'éclaircit la gorge.

Για να προετοιμαστεί για τη συνάντηση, καθάρισε τον λαιμό του.

Il s'efforçait toutefois de tousser très discrètement.

Ωστόσο, έκανε ό,τι μπορούσε για να βήχει πολύ σιγά.

Ce bruit pouvait être différent d'une toux humaine.

Ο θόρυβος μπορεί να ακουγόταν διαφορετικός από έναν ανθρώπινο βήχα.

Il savait qu'il ne pouvait plus faire la différence entre de telles choses.

Ήξερε ότι δεν μπορούσε πλέον να διακρίνει τέτοια πράγματα.

Dans la pièce voisine, le silence était total.

Στο διπλανό δωμάτιο είχε επικρατήσει απόλυτη ησυχία.

Les parents étaient probablement assis à table.

Οι γονείς πιθανότατα κάθονταν στο τραπέζι.

Ils chuchotaient peut-être avec le gérant.

Μπορεί να ψιθύριζαν με τον διευθυντή.

Peut-être que tout le monde était appuyé contre la porte et écoutait.

Ίσως όλοι να ήταν ακουμπισμένοι στην πόρτα και να άκουγαν.

Gregor poussa lentement la chaise vers la porte.

Ο Γκρέγκορ έσπρωξε αργά την καρέκλα προς την πόρτα.

Il s'appuya contre la porte et se tint droit.

Έσπρωξε την πόρτα και κρατήθηκε όρθιος.

Il a découvert que la plante de ses pieds était légèrement collée.

Έμαθε ότι τα μαξιλαράκια των ποδιών του είχαν λίγη κόλλα.

Et il se reposa là un instant, épuisé.

Και ξεκουράστηκε εκεί για μια στιγμή από την προσπάθεια.

Après s'être suffisamment reposé, il s'attela à la tâche suivante.

Αφού ξεκουράστηκε αρκετά, ξεκίνησε την επόμενη δουλειά.

Il commença à tourner la clé dans la serrure avec sa bouche.

Άρχισε να γυρίζει το κλειδί στην κλειδαριά με το στόμα του.

Malheureusement, il semblait qu'il n'avait pas de dents.

Δυστυχώς, φαινόταν ότι δεν είχε πραγματικά δόντια.

Mais quel autre moyen avait-il pour s'emparer des clés ?

Αλλά ποιον άλλο τρόπο είχε για να αρπάξει τα κλειδιά;

Heureusement pour lui, ses mâchoires étaient bien sûr très fortes.

Ευτυχώς γι' αυτόν, τα σαγόνια του ήταν φυσικά πολύ δυνατά.

Grâce à la force de ses mâchoires, il a vraiment réussi à faire bouger la clé.

Με τη βοήθεια των σαγονιών του κατάφερε πραγματικά να κινήσει το κλειδί.
Il ne doutait pas qu'il se faisait du mal à lui-même également.
Δεν είχε καμία αμφιβολία ότι προκαλούσε κι ο ίδιος κακό στον εαυτό του.
Parce qu'un liquide brunâtre sortait de sa bouche.
Επειδή ένα καφέ υγρό έβγαινε από το στόμα του.
Le liquide brunâtre a coulé sur la clé et le long de la porte.
Το καφέ υγρό κύλησε πάνω από το κλειδί και κάτω από την πόρτα.
Mais Gregor ne se souciait pas de se faire du mal.
Αλλά ο Γκρέγκορ δεν ένοιαζε που έκανε κακό στον εαυτό του.
« Vous entendez ça ? » demanda le gérant dans la pièce voisine.
«Το ακούς αυτό;» είπε ο διευθυντής στο διπλανό δωμάτιο.
« Il tourne la clé », avait remarqué le gérant.
«Γυρίζει το κλειδί», είχε παρατηρήσει ο διευθυντής.
Ces paroles furent un grand encouragement pour Gregor.
Αυτά τα λόγια ήταν μεγάλη ενθάρρυνση για τον Γκρέγκορ.
Mais le père et la mère auraient également dû crier :
Αλλά ο πατέρας και η μητέρα θα έπρεπε επίσης να φωνάξουν:
« Bien joué, Gregor ! » auraient-ils dû lui crier.
«Ωραία, Γκρέγκορ», θα έπρεπε να του φωνάξουν.
«Continue, continue de tourner la clé, tu peux le faire.»
«Συνέχισε, συνέχισε να γυρίζεις αυτό το κλειδί, μπορείς να τα καταφέρεις.»
Mais Gregor dut plutôt imaginer leur enthousiasme.
Αλλά αντίθετα, ο Γκρέγκορ έπρεπε να φανταστεί τον ενθουσιασμό τους.
Il serra les mâchoires de toutes ses forces.
Έσφιξε τα σαγόνια του με όση δύναμη είχε.
Et il continua à tourner la clé dans la serrure.
Και συνέχισε να γυρίζει το κλειδί στην κλειδαριά.
Son corps se tordit douloureusement en un cercle.

Επώδυνα το σώμα του στριφογύριζε γύρω από αυτό σε έναν κύκλο.

Il ne tenait plus debout qu'avec sa bouche.

Τώρα κρατιόταν όρθιος μόνο με το στόμα του.

Pour continuer à tourner la clé, il appuya contre la porte.

Για να συνεχίσει να στρίβει το κλειδί, πάτησε την πόρτα.

Finalement, le claquement de la serrure réveilla de nouveau Gregor.

Τελικά, το κροτάλισμα της κλειδαριάς ξύπνησε ξανά τον Γκρέγκορ.

« Je n'avais donc pas besoin du serrurier », soupira-t-il de soulagement.

«Άρα δεν χρειαζόμουν τον κλειδαρά», αναστέναξε με ανακούφιση.

Il ne lui restait plus qu'à ouvrir la porte qu'il avait déverrouillée.

Τώρα απλώς έπρεπε να ανοίξει την πόρτα που είχε ξεκλειδώσει.

Et, la tête sur la poignée, il ouvrit la porte.

Και με το κεφάλι του στη λαβή άνοιξε την πόρτα.

Il se trouvait derrière la porte qui donnait sur sa chambre.

Ήταν πίσω από την πόρτα, η οποία άνοιγε στο δωμάτιό του.

La porte était donc déjà ouverte avant même qu'on puisse le voir.

Έτσι η πόρτα ήταν ήδη ανοιχτή πριν καν τον δουν.

Il lui fallait ensuite se faufiler autour de la porte elle-même.

Στη συνέχεια έπρεπε να κάνει ελιγμούς γύρω από την ίδια την πόρτα.

Ce mouvement difficile a également nécessité beaucoup d'efforts.

Αυτή η δύσκολη κίνηση απαιτούσε επίσης πολλή προσπάθεια.

Il ne voulait pas tomber maladroitement dans la pièce voisine.

Δεν ήθελε να πέσει αδέξια στο διπλανό δωμάτιο.

Il n'avait donc pas le temps de prêter attention à quoi que ce soit d'autre.

Έτσι δεν είχε χρόνο να ασχοληθεί με τίποτα άλλο.

Mais il entendit alors le chef de bureau s'exclamer bruyamment : « Oh ! »

Αλλά τότε άκουσε τον αρχιγραμματέα να ψελλίζει δυνατά ένα «Ω!»

On aurait dit que le vent soufflait en rafales dans la maison.

Ακουγόταν σαν ο άνεμος να φυσούσε μέσα στο σπίτι.

Il se trouvait être celui qui était le plus proche de la porte.

Τυχαίνει να ήταν αυτός που ήταν πιο κοντά στην πόρτα.

Et maintenant, en le voyant, il porta sa main à sa bouche.

Και τώρα, βλέποντάς τον, έβαλε το χέρι του στο στόμα του.

Il recula lentement, s'éloignant de Gregor.

Κινήθηκε αργά προς τα πίσω, μακριά από τον Γκρέγκορ.

Mais c'était comme si une force invisible agissait sur lui.

Αλλά ήταν σαν μια αόρατη δύναμη να ενεργεί πάνω του.

La première chose que fit la mère fut de regarder le père.

Το πρώτο πράγμα που έκανε η μητέρα ήταν να κοιτάξει τον πατέρα.

Malgré la présence du gérant, ses cheveux étaient en désordre.

Παρά την παρουσία του διευθυντή, τα μαλλιά της ήταν ατημέλητα.

Elle déplia les bras et fit deux pas en avant.

Άνοιξε τα χέρια της και έκανε δύο βήματα μπροστά.

Mais elle s'est effondrée au milieu de sa jupe.

Αλλά μετά κατέρρευσε στη μέση της φούστας της.

Sa robe s'est étalée tout autour d'elle sur le sol.

Το φόρεμά της απλώθηκε γύρω της στο πάτωμα.

Et sa tête disparut sur sa poitrine.

Και το κεφάλι της εξαφανίστηκε πάνω στο ίδιο της το στήθος.

Le père serra le poing avec une expression hostile.

Ο πατέρας έσφιξε τη γροθιά του με μια εχθρική έκφραση.

Il semblait vouloir que Gregor soit renvoyé dans sa chambre.

Φαινόταν να θέλει να σπρώξουν τον Γκρέγκορ πίσω στο δωμάτιό του.

Il jeta ensuite un regard incertain autour du salon.

Έπειτα κοίταξε με αμφιβολία γύρω του στο σαλόνι.

Et finalement, il se couvrit les yeux entre ses mains.

Και τελικά κάλυψε τα μάτια του ανάμεσα στα χέρια του.

Et il pleura amèrement jusqu'à ce que sa poitrine puissante tremble.

Και έκλαιγε πικρά μέχρι που το δυνατό του στήθος σείστηκε.

Gregor n'est en réalité pas entré dans leur chambre.

Ο Γκρέγκορ δεν μπήκε καθόλου στο δωμάτιό τους.

Au lieu de cela, il s'appuya contre le cadre de la porte.

Αντίθετα, έγειρε στο πλαίσιο της πόρτας.

Seule la moitié de son corps était visible de l'extérieur.

Μόνο το μισό του σώματός του ήταν ορατό σε όσους βρίσκονταν έξω.

Et sur son corps reposait sa tête, inclinée sur le côté.

Και πάνω στο σώμα του βρισκόταν το κεφάλι του, γερμένο στο πλάι.

La lumière était désormais devenue beaucoup plus vive qu'auparavant.

Μέχρι τώρα το φως είχε γίνει πολύ πιο φωτεινό από πριν.

On pouvait désormais voir clairement l'autre côté de la rue.

Μπορούσε κανείς να δει καθαρά τώρα την άλλη πλευρά του δρόμου.

Une partie de l'hôpital gris et interminable se dévoila.

Ένα τμήμα του ατελείωτου, γκρίζου νοσοκομείου αποκαλύφθηκε.

La pluie matinale n'avait pas encore complètement cessé de tomber.

Η πρωινή βροχή δεν είχε σταματήσει εντελώς ακόμα.

Mais maintenant, les gouttes de pluie étaient plus grosses et plus espacées.

Αλλά τώρα οι σταγόνες βροχής ήταν μεγαλύτερες και πιο μακριά η μία από την άλλη.

Les plats du petit-déjeuner étaient disposés en abondance sur la table.

Τα πιάτα για πρωινό ήταν άφθονα στο τραπέζι.

Le père considérait le petit-déjeuner comme le repas le plus important.

Ο πατέρας θεωρούσε το πρωινό το πιο σημαντικό γεύμα.

Le petit-déjeuner était un repas qu'il s'éternisait pendant des heures.

Το πρωινό ήταν ένα γεύμα που το έσερνε για ώρες.

Et pendant ces heures, il lisait les différents journaux.

Και αυτές τις ώρες διάβαζε τις διάφορες εφημερίδες.

Juste en face, sur le mur, était accrochée une photo de Gregor.

Ακριβώς στον απέναντι τοίχο κρεμόταν μια φωτογραφία του Γκρέγκορ.

La photographie accrochée au mur le montrait en lieutenant.

Η φωτογραφία στον τοίχο τον έδειχνε ως υπολοχαγό.

C'était une photo de l'époque où il était dans l'armée.

Ήταν μια φωτογραφία από την εποχή που υπηρέτησε στον στρατό.

Sa main était posée sur son épée, et il arborait un sourire insouciant.

Το χέρι του ήταν στο σπαθί του και είχε ένα ανέμελο χαμόγελο.

Sa posture et son uniforme imposaient un certain respect.

Η στάση του σώματος και η στολή του απαιτούσαν έναν ορισμένο σεβασμό.

L'autre porte qui menait à l'antichambre était également ouverte.

Η άλλη πόρτα που οδηγούσε στον προθάλαμο ήταν επίσης ανοιχτή.

Et la porte de l'appartement était encore ouverte elle aussi.

Και η πόρτα του διαμερίσματος ήταν ακόμα ανοιχτή.

On pouvait voir jusqu'à la cour de l'immeuble.

Μπορούσε κανείς να δει μέχρι την αυλή του διαμερίσματος.

Puis les escaliers descendaient sur la rue en contrebas.

Και μετά τα σκαλιά οδηγούσαν στον από κάτω δρόμο.

Gregor était le seul à avoir gardé son sang-froid.

Ο Γκρέγκορ ήταν ο μόνος που είχε διατηρήσει την ψυχραιμία του.

Il a constaté cela, la conversation était donc de sa responsabilité.

Το είδε αυτό, άρα η συζήτηση ήταν δική του ευθύνη.

« Bon, je vais m'habiller pour le travail maintenant », dit-il.

«Λοιπόν, τώρα θα ντυθώ για τη δουλειά», είπε.

« Une fois que j'aurai emballé les échantillons de tissu, je partirai. »

«Αφού συσκευάσω τα δείγματα υφασμάτων, θα φύγω.»

«Vous comptez toujours me tirer dessus, Monsieur Prokurist ?»

«Εξακολουθείτε να σκοπεύετε να με απολύσετε, κύριε Προκούριστ;»

« Comme vous pouvez le constater, je ne suis pas aussi têtue que vous le pensiez. »

«Όπως βλέπεις, δεν είμαι τόσο πεισματάρης όσο νόμιζες.»

« Et vous pouvez constater que j'aime bien travailler, après tout. »

«Και μπορείς να δεις ότι τελικά μου αρέσει να δουλεύω.»

« Je peux admettre que voyager pour le travail n'est pas facile. »

«Μπορώ να παραδεχτώ ότι τα ταξίδια για δουλειά δεν είναι εύκολα.»

« Mais je peux aussi accepter que cela fasse partie de mon travail. »

«Αλλά μπορώ επίσης να αποδεχτώ ότι είναι μέρος της δουλειάς μου».

« Chef de projet, où allez-vous ? Retournez-vous au bureau ? »

«Διευθυντά, πού πηγαίνετε; Πίσω στο γραφείο;»

« Allez-vous rapporter fidèlement tout ce que vous avez vu ? »

«Θα αναφέρεις με ειλικρίνεια όλα όσα είδες;»

«Il arrive parfois qu'on soit dans l'incapacité d'aller travailler.»

«Μερικές φορές συμβαίνει κάποιος να μην μπορεί να πάει στη δουλειά.»

« C'est le moment idéal pour se souvenir des succès passés. »

«Αυτή είναι η κατάλληλη στιγμή να θυμηθούμε τα επιτεύγματα του παρελθόντος».

« Une fois la difficulté surmontée, on travaille encore mieux. »

«Αφού αφαιρέσεις τη δυσκολία, λειτουργείς ακόμα καλύτερα.»

« Ma diligence et ma concentration vont augmenter. »

«Η επιμέλεια και η συγκέντρωσή μου πρόκειται να αυξηθούν.»

«Vous savez très bien que je suis redevable envers le patron.»

«Ξέρεις πολύ καλά ότι είμαι υπόχρεος στο αφεντικό.»

« Mais je suis aussi inquiète pour mes parents et ma sœur. »

«Αλλά επίσης, ανησυχώ για τους γονείς μου και την αδερφή μου.»

« Je suis dans une situation délicate, mais je vais m'en sortir. »

«Είμαι σε δύσκολη θέση, αλλά θα προσπαθήσω να ξεφύγω.»

« Ne compliquez pas davantage les choses. »

«Μην το κάνεις αυτό πιο δύσκολο από ό,τι είναι ήδη.»

« En tant que collègues, nous devons aussi nous entraider. »

«Ως συνάδελφοι, πρέπει επίσης να βοηθάμε ο ένας τον άλλον.»

« Je sais que les employés de bureau n'aiment pas les voyageurs. »

«Ξέρω ότι οι υπάλληλοι γραφείου δεν συμπαθούν τους ταξιδιώτες.»

«Vous croyez qu'on gagne des fortunes et qu'on mène une vie confortable.»

«Νομίζεις ότι βγάζουμε μια περιουσία και ζούμε καλές ζωές.»

« Ils n'ont aucune raison valable de tenir compte de leurs préjugés. »

«Δεν έχουν κανέναν πραγματικό λόγο να σκεφτούν την προκατάληψή τους».

« Mais vous, agent habilité, votre rôle est différent. »

«Αλλά εσείς, εξουσιοδοτημένος αξιωματικός, έχετε διαφορετικό ρόλο.»

«Vous avez une meilleure vue d'ensemble que les autres membres du personnel.»

«Έχετε καλύτερη συνολική εικόνα από το υπόλοιπο προσωπικό.»

« En fait, je pense que vous avez peut-être la meilleure vue d'ensemble. »

«Μάλιστα, νομίζω ότι ίσως έχεις την καλύτερη γενική εικόνα.»

«Vous avez une meilleure vision d'ensemble que le patron lui-même.»

«Έχεις καλύτερη εικόνα από τον ίδιο τον προϊστάμενο.»

« J'admets que c'est le patron qui fait le travail d'entrepreneur. »

«Παραδέχομαι ότι το αφεντικό κάνει όντως την επιχειρηματική δουλειά.»

« Mais il est facile de se tromper dans ses jugements. »

«Αλλά είναι εύκολο οι κρίσεις του να παραπλανηθούν.»

« Et ces petites erreurs de jugement peuvent nous être préjudiciables. »

«Και αυτές οι μικρές λανθασμένες κρίσεις μπορούν να αποβούν εις βάρος μας».

«Vous savez combien il est facile de parler du voyageur.»

«Ξέρεις πόσο εύκολο είναι να μιλήσεις για τον ταξιδιώτη.»

« Il n'est pas là pour défendre sa réputation contre les rumeurs. »

«Δεν είναι εκεί για να υπερασπιστεί τη φήμη του από κουτσομπολιά».

« Ces accusations peuvent très bien n'être que des coïncidences. »

«Αυτές οι κατηγορίες μπορούν εύκολα να είναι απλώς συμπτώσεις.»

« Nombre de ces plaintes ne reposent même sur aucune vérité. »

«Πολλά παράπονα δεν έχουν καν τις ρίζες τους σε κάποια αλήθεια.»

«Il est absent du bureau pendant presque toute l'année.»

«Λείπει από το γραφείο σχεδόν όλο το χρόνο.»

«Quelles chances a-t-il de défendre sa propre réputation ?»

«Τι πιθανότητες έχει να υπερασπιστεί τη φήμη του;»

«Il n'a même pas connaissance des accusations.»

«Δεν έχει καν την ευκαιρία να ακούσει για τις κατηγορίες.»

«Il découvre ce qui a été dit lorsqu'il est trop tard.»

«Ανακαλύπτει τι έχει ειπωθεί όταν είναι πολύ αργά.»

« À ce stade, il est épuisé par le voyage de la journée. »

«Σε αυτό το στάδιο είναι εξαντλημένος από το ταξίδι της ημέρας.»

« Il devra de toute façon en subir les terribles conséquences. »

«Πρέπει ούτως ή άλλως να βιώσει τις τρομερές συνέπειες.»

« Même s'il n'a aucun moyen de comprendre le problème. »

«Παρόλο που δεν έχει τρόπο να καταλάβει το πρόβλημα.»

« Oh, manager, ne partez pas sans me dire un mot. »

«Ω, διευθύνε, μην φύγεις χωρίς να μου πεις λέξη.»

«Dites-moi au moins que vous êtes d'accord avec moi en partie.»

«Τουλάχιστον πες μου ότι συμφωνείς μαζί μου εν μέρει.»

Mais le directeur s'était détourné de Gregor bien plus tôt.

Αλλά ο διευθυντής είχε απομακρυνθεί από τον Γκρέγκορ πολύ νωρίτερα.

Son épaule tressaillit lorsqu'il se retourna vers Gregor.

Ο ώμος του τινάχτηκε όταν κοίταξε ξανά τον Γκρέγκορ.

Et il n'est pas resté immobile une seule fois pendant tout son discours.

Και δεν έμεινε ακίνητος ούτε μια φορά κατά τη διάρκεια της ομιλίας.

Il se retournait vers Gregor, les lèvres pincées.

Κοίταζε ξανά τον Γκρέγκορ με σφιγμένα χείλη.

Il reculait progressivement vers la porte.

Υποχωρούσε σταδιακά προς την πόρτα.

Mais il ne pouvait pas non plus détacher son regard de Gregor.

Αλλά ούτε αυτός μπορούσε να πάρει τα μάτια του από τον Γκρέγκορ.

Il avait l'impression qu'il lui était secrètement interdit de quitter la pièce.

Ένιωθε σαν να υπήρχε μια μυστική απαγόρευση να φύγει από το δωμάτιο.

Mais à ce stade, il se trouvait déjà dans le hall d'entrée.

Αλλά σε αυτό το στάδιο βρισκόταν ήδη στην είσοδο.

Et soudain, il fit un mouvement vers la sortie.

Και τώρα έκανε μια απότομη κίνηση προς την έξοδο.

Il tendit la main droite vers les escaliers.

Άπλωσε το δεξί του χέρι προς τις σκάλες.

Peut-être qu'une force surnaturelle attendait pour le sauver.

Ίσως μια υπερφυσική δύναμη τον περίμενε για να τον σώσει.

Gregor savait qu'il ne pouvait pas le laisser partir comme ça.

Ο Γκρέγκορ ήξερε ότι δεν μπορούσε να του επιτρέψει να φύγει έτσι.

Le manager ne doit pas revenir dans le même état d'esprit qu'avant.

Ο διευθυντής δεν πρέπει να επιστρέψει με τη διάθεση που είχε.

La sécurité de l'emploi de Gregor était fortement menacée.

Η ασφάλεια της εργασίας του Γκρέγκορ βρισκόταν σε μεγάλο κίνδυνο.

Les parents ne comprenaient pas tout cela.

Οι γονείς δεν μπορούσαν να καταλάβουν πλήρως όλα αυτά.

Au fil des ans, ils s'étaient habitués à sa sécurité d'emploi.

Με τα χρόνια είχαν συνηθίσει την ασφάλεια της εργασίας του.

Et ils étaient convaincus qu'il avait ce poste à vie.

Και είχαν πειστεί ότι είχε τη δουλειά για μια ζωή.

Au lieu de cela, ils s'étaient préoccupés d'autres soucis.

Αντίθετα, είχαν ασχοληθεί με περισσότερες άλλες ανησυχίες.

Mais ces préoccupations leur ont fait perdre toute prévoyance.

Αλλά αυτές οι ανησυχίες τους οδήγησαν στο να χάσουν κάθε διορατικότητα.

Gregor, cependant, n'avait pas perdu la clairvoyance de ses parents.

Ο Γκρέγκορ, ωστόσο, δεν είχε χάσει την προνοητικότητα του γονέα.

Il a fallu que quelqu'un arrête le représentant autorisé.

Κάποιος έπρεπε να σταματήσει τον εξουσιοδοτημένο εκπρόσωπο.

Il allait devoir le calmer et le convaincre.

Έπρεπε να τον ηρεμήσει και να τον πείσει.

L'avenir de Gregor et de sa famille en dépendait !

Το μέλλον του Γκρέγκορ και της οικογένειάς του εξαρτιόταν από αυτό!

Si seulement sa sœur intelligente avait été là pour l'aider.

Μακάρι η έξυπνη αδερφή να ήταν εδώ για να βοηθήσει.

Elle avait déjà pleuré alors que Gregor était encore dans sa chambre.

Είχε ήδη κλάψει όταν ο Γκρέγκορ ήταν ακόμα στο δωμάτιό του.

À ce moment-là, il était simplement allongé tranquillement sur le dos.

Εκείνη τη στιγμή απλώς ξάπλωνε ήσυχα ανάσκελα.

Elle connaissait déjà l'importance de la situation à ce moment-là.

Ήδη τότε γνώριζε τη σημασία της κατάστασης.

Le directeur était connu pour avoir un faible pour les femmes.

Ο διευθυντής είχε μια γνωστή αδυναμία στις γυναίκες.

Elle aurait facilement pu le persuader de rester plus longtemps.

Θα μπορούσε εύκολα να τον είχε πείσει να μείνει περισσότερο.

Elle aurait fermé la porte et l'aurait fait rentrer.

Θα είχε κλείσει την πόρτα και θα τον είχε οδηγήσει πίσω μέσα.

Mais malheureusement, sa sœur était partie chercher un médecin.

Αλλά δυστυχώς η αδελφή είχε πάει να φέρει γιατρό.

Gregor n'avait donc pas d'autre choix que de le faire lui-même.

Επομένως, ο Γκρέγκορ δεν είχε άλλη επιλογή από το να το κάνει ο ίδιος.

Il n'avait pas réfléchi à quelles étaient réellement ses capacités.

Δεν είχε σκεφτεί ποιες ήταν στην πραγματικότητα οι ικανότητές του.

Et il avait oublié de se méfier de sa capacité à parler.

Και είχε ξεχάσει να μην εμπιστεύεται την ικανότητά του να μιλάει.

Mais il a néanmoins quitté la sécurité de sa chambre.

Παρ' όλα αυτά, έφυγε από την ασφάλεια του δωματίου του.

Et il se faufila par l'ouverture de la pièce.

Και προχώρησε μέσα από το άνοιγμα του δωματίου.

Le directeur était déjà en train de descendre les escaliers.

Ο διευθυντής κατέβαινε ήδη τις σκάλες.

Mais il s'accrochait à la rambarde à deux mains.

Αλλά κρατιόταν από τα κάγκελα και με τα δύο χέρια.

Gregor tomba en se poussant à travers la porte.

Ο Γκρέγκορ έπεσε καθώς σπρώχνονταν μέσα από την πόρτα.

Il laissa échapper un petit cri en cherchant un appui.

Έβγαλε μια μικρή κραυγή καθώς άρπαξε για στήριξη.

Mais au lieu de paniquer, il a ressenti un bien-être physique.

Αλλά αντί για πανικό, ένιωσε μια σωματική ευεξία.

Pour la première fois ce matin-là, quelque chose semblait juste.

Για πρώτη φορά εκείνο το πρωί ένιωσα κάτι σωστό.

Il avait désormais toutes les jambes bien ancrées au sol.

Όλα τα πόδια του είχαν τώρα στέρεο έδαφος από κάτω τους.

Il était surpris de constater à quel point il contrôlait bien ses jambes.

Έμεινε έκπληκτος με το πόσο καλά μπορούσε να ελέγξει τα πόδια του.

Il était heureux de constater que ses jambes lui obéissaient parfaitement.

Χάρηκε που παρατήρησε ότι τα πόδια του τον υπάκουαν απόλυτα.

En réalité, ses jambes le portaient partout où il le voulait.

Στην πραγματικότητα, τα πόδια του τον πήγαιναν όπου ήθελε.

Bientôt, tous ses chagrins allaient prendre fin.

Σύντομα όλες οι θλίψεις του έμελλε να φτάσουν στο τέλος τους.

Mais au même moment, sa propre mère se leva d'un bond.

Αλλά την ίδια ακριβώς στιγμή η μητέρα του πετάχτηκε πάνω.

Ses bras étaient tendus et ses doigts écartés.

Τα χέρια της ήταν τεντωμένα και τα δάχτυλά της ανοιχτά.

Et elle s'est écriée : « Au secours ! Au nom de Dieu, que quelqu'un m'aide ! »

Και φώναξε, «Βοήθεια, για όνομα του Θεού, κάποιος ας βοηθήσει!»

Elle inclina la tête ; elle voulait mieux voir Gregor.

Έγειρε το κεφάλι της· ήθελε να δει καλύτερα τον Γκρέγκορ.

Mais contrairement à sa première action, elle est revenue en courant.

Αλλά σε αντιπαράθεση με την πρώτη ενέργεια, έτρεξε πίσω.

Elle avait oublié que la table était mise derrière elle.

Είχε ξεχάσει ότι το τραπέζι ήταν στρωμένο πίσω της.

Tout ce qui était prévu pour le petit-déjeuner était encore sur la table.

Όλα τα πράγματα για πρωινό ήταν ακόμα στο τραπέζι.

Elle s'assit précipitamment sur la table, comme distraite.

Κάθισε βιαστικά στο τραπέζι, σαν να της είχε αποσπαστεί η προσοχή.

Et elle n'a pas semblé remarquer le café renversé.

Και δεν φαινόταν να προσέχει τον χυμένο καφέ.

Le café était maintenant en train d'imbiber la moquette.

Ο καφές που τώρα μουλιαζόταν στο χαλί.

« Maman, maman », dit doucement Gregor en levant les yeux vers elle.

«Μαμά, μητέρα», είπε απαλά ο Γκρέγκορ, κοιτάζοντάς την.

Pour le moment, le manager ne lui importait pas.

Προς το παρόν, ο προπονητής δεν ήταν σημαντικός για αυτόν.

Mais il y avait aussi le café qui coulait sur la moquette.

Αλλά υπήρχε επίσης ο καφές που έσταζε στο χαλί.

Gregor n'a pas pu s'empêcher de claquer des dents devant le café.

Ο Γκρέγκορ δεν μπόρεσε να αντισταθεί στο να τρίσει τα σαγόνια του στον καφέ.

La mère se remit à pleurer à cause de son comportement.

Η μητέρα άρχισε να κλαίει ξανά εξαιτίας της συμπεριφοράς του.

Elle a sauté de la table pour prendre ses distances avec lui.

Πήδηξε από το τραπέζι για να αποστασιοποιηθεί από αυτόν.

Et elle s'est réfugiée dans les bras de son père.

Και έτρεξε στην αγκαλιά του πατέρα, για να σωθεί.

Mais Gregor n'avait plus de temps à consacrer à ses parents.

Αλλά ο Γκρέγκορ δεν είχε πλέον χρόνο να αφιερώσει στους γονείς του.

L'agent habilité se trouvait déjà dans l'escalier.

Ο εξουσιοδοτημένος αξιωματικός ήταν ήδη στις σκάλες.

Il avait le menton appuyé sur la rambarde, pour regarder à l'intérieur de la maison.

Είχε ακουμπήσει το πηγούνι του στο κιγκλίδωμα, για να κοιτάξει μέσα στο σπίτι.

Apparemment, il voulait jeter un dernier coup d'œil au spectacle.

Προφανώς ήθελε να ρίξει μια τελευταία ματιά στο θέαμα.

Et Gregor fit un dernier effort pour joindre le directeur.

Και ο Γκρέγκορ έκανε μια τελευταία προσπάθεια να φτάσει στον διευθυντή.

Il courut vers la porte aussi prudemment qu'il le put.

Έτρεξε προς την πόρτα με όσο το δυνατόν μεγαλύτερη ασφάλεια.

Mais le chef de bureau devait se douter de quelque chose.

Αλλά ο αρχιγραμματέας πρέπει να υποψιάστηκε κάτι.

Parce qu'il a descendu quelques marches et a disparu.

Επειδή πήδηξε κάτω από αρκετά σκαλιά και εξαφανίστηκε.

« Hein ! » s'écria Gregor, sa voix résonnant dans la cage d'escalier.

«Χμμ!» φώναξε ο Γκρέγκορ, αντηχώντας μέσα από το κλιμακοστάσιο.

La fuite du manager sembla également déconcerter son père.

Η απόδραση του διευθυντή φάνηκε επίσης να μπέρδεψε τον πατέρα του.

Jusque-là, il était parvenu à garder son calme.

Μέχρι τότε είχε καταφέρει να παραμείνει αρκετά ψύχραιμος.

Mais malheureusement, lui aussi a perdu le sang-froid qu'il avait eu.

Αλλά δυστυχώς κι αυτός έχασε την ψυχραιμία που είχε.

Il aurait dû aider Gregor dans sa quête.

Αυτό που έπρεπε να είχε κάνει ήταν να βοηθήσει τον Γκρέγκορ στην καταδίωξή του.

Mais, d'une main, il saisit la canne du directeur.

Αλλά, άρπαξε το μπαστούνι του διευθυντή στο ένα χέρι.

Et dans l'autre main, il tenait maintenant un journal.

Και στο άλλο χέρι κρατούσε τώρα μια εφημερίδα.

Et il entravait désormais directement Gregor dans sa poursuite.

Και τώρα εμπόδιζε άμεσα τον Γκρέγκορ στην καταδίωξή του.

Il s'était placé entre Gregor et la rue.

Είχε τοποθετηθεί ανάμεσα στον Γκρέγκορ και τον δρόμο.

Il tapa du pied et agita le bâton et le journal.

Χτύπησε τα πόδια του και κούνησε το μπαστούνι και την εφημερίδα.

Et il forçait activement Gregor à retourner dans sa chambre.

Και ανάγκαζε ενεργά τον Γκρέγκορ να επιστρέψει στο δωμάτιό του.

Aucune des demandes formulées par Gregor n'a été utile.

Κανένα από τα αιτήματα που προσπάθησε να κάνει ο Γκρέγκορ δεν βοήθησε.

Parce qu'aucune de ses demandes n'a été comprise.

Επειδή κανένα από τα αιτήματά του δεν έγινε κατανοητό.

Il tourna la tête vers un angle plus profond et plus humble.

Έστρεψε το κεφάλι του σε μια βαθύτερη, πιο ταπεινή γωνία.

Mais son père répondit en tapant du pied encore plus fort.

Αλλά ο πατέρας του απάντησε χτυπώντας τα πόδια του ακόμα πιο δυνατά.

La mère ouvrit une fenêtre, malgré la fraîcheur ambiante.

Η μητέρα άνοιξε ένα παράθυρο, παρά τον δροσερό καιρό.

Et elle enfouit son visage dans ses mains froides.

Και έσφιξε το πρόσωπό της στα χέρια της μέσα στο κρύο.

Le vent pouvait désormais traverser tout l'appartement.

Ο άνεμος μπορούσε πλέον να διαπεράσει ολόκληρο το διαμέρισμα.

Un fort courant d'air soufflait de l'escalier vers la ruelle.

Ένα δυνατό ρεύμα αέρα φυσούσε από τη σκάλα προς το σοκάκι.

Les rideaux claquaient sous l'effet du vent violent.

Οι κουρτίνες κυμάτιζαν από τον δυνατό άνεμο.

Et le journal posé sur la table bruissait dans le vent.

Και η εφημερίδα στο τραπέζι θρόιζε στον άνεμο.

Même des feuilles ont été soufflées à l'intérieur de la maison depuis l'extérieur.

Ακόμη και μερικά φύλλα είχαν πεταχτεί μέσα στο σπίτι από έξω.

Le père tapa du pied et poussa sans relâche.

Ο πατέρας χτυπούσε τα πόδια του και έσπρωχνε ασταμάτητα.

Et il sifflait et émettait des bruits comme un homme sauvage.

Και σφύριξε και έβγαλε θορύβους σαν έναν άγριο άνθρωπο.

Mais Gregor ne s'était pas encore entraîné à marcher à reculons.

Αλλά ο Γκρέγκορ δεν είχε εξασκηθεί ακόμα στο να περπατάει προς τα πίσω.

Même Gregor admettrait que ce mouvement était beaucoup plus lent.

Ακόμα και ο Γκρέγκορ θα παραδεχόταν ότι αυτή η κίνηση ήταν πολύ πιο αργή.

Tout ce qu'il souhaitait, c'était avoir la possibilité de faire demi-tour.

Το μόνο που ήθελε όμως ήταν η ευκαιρία να κάνει μια ανατροπή.

Il serait alors allé directement dans sa chambre.

Τότε θα είχε πάει κατευθείαν στο δωμάτιό του.

Mais il avait trop peur d'impatienter son père.

Αλλά φοβόταν πολύ μήπως κάνει τον πατέρα του ανυπόμονο.

Et il y avait la menace d'un coup de bâton.

Και υπήρχε η απειλή χτυπήματος με το μπαστούνι.

Un tel coup à l'arrière de la tête pourrait être fatal.

Ένα τέτοιο χτύπημα στο πίσω μέρος του κεφαλιού θα μπορούσε να είναι θανατηφόρο.

Mais finalement, Gregor n'avait pas d'autre choix.

Αλλά στο τέλος ο Γκρέγκορ δεν είχε άλλη επιλογή.

Il s'est rendu compte qu'il ne pouvait même plus marcher droit à reculons.

Συνειδητοποίησε ότι δεν μπορούσε καν να περπατήσει προς τα πίσω ευθεία.

Il commença à se retourner aussi vite qu'il le put.

Άρχισε να γυρίζει όσο πιο γρήγορα μπορούσε.

Mais en réalité, ce mouvement de rotation était tout aussi lent.

Αλλά στην πραγματικότητα αυτή η κίνηση στροφής ήταν εξίσου αργή.

Et il fut suivi des regards anxieux du père.

Και τον ακολούθησαν τα ανήσυχα βλέμματα του πατέρα.

Peut-être le père avait-il remarqué les bonnes intentions de Gregor.

Ίσως ο πατέρας πρόσεξε τις καλές προθέσεις του Γκρέγκορ.

Parce qu'il ne l'a pas empêché de se retourner.

Επειδή δεν τον εμπόδισε να γυρίσει.

Il a même utilisé le bout de son bâton pour guider la rotation.

Χρησιμοποιούσε ακόμη και την άκρη του μπαστουνιού του για να καθοδηγεί την περιστροφή.

Mais Gregor aurait préféré que son père ne lui ait pas sifflé dessus !

Αλλά ο Γκρέγκορ εξακολουθούσε να εύχεται να μην του είχε σφυρίξει ο πατέρας!

Le sifflement ne fit qu'ajouter à la confusion du moment.

Το σφύριγμα μόνο επιδείνωσε τη σύγχυση της στιγμής.

Puis il a commis une erreur et a tourné dans la mauvaise direction.

Και μετά έκανε ένα λάθος και έστριψε προς τη λάθος κατεύθυνση.

Finalement, il a réussi à se tourner dans la bonne direction.

Στο τέλος κατάφερε να αντιμετωπίσει τον σωστό δρόμο.

Et il était satisfait des progrès qu'il avait accomplis.

Και ήταν ευχαριστημένος με την πρόοδο που είχε σημειώσει.

Mais un autre problème est alors devenu encore plus évident.

Αλλά τότε το επόμενο πρόβλημα έγινε ακόμη πιο εμφανές.

Son corps était trop large pour passer facilement la porte.

Το σώμα του ήταν πολύ φαρδύ για να χωρέσει εύκολα μέσα από την πόρτα.

Dans son état actuel, le père ne s'en est pas aperçu.

Στην τωρινή του κατάσταση, ο πατέρας δεν το πρόσεξε αυτό.

Il ne lui vint donc pas à l'esprit d'ouvrir davantage la porte.

Έτσι δεν του πέρασε από το μυαλό να ανοίξει την πόρτα περισσότερο.

Il y aurait alors eu suffisamment de place pour Gregor.

Τότε θα υπήρχε αρκετός χώρος για τον Γκρέγκορ.

Sa seule priorité était de faire entrer Gregor dans sa chambre.

Η μόνη του προτεραιότητα ήταν να βάλει τον Γκρέγκορ στο δωμάτιό του.

Il aurait dû se lever pour passer la porte.

Θα έπρεπε να σηκωθεί όρθιος για να περάσει την πόρτα.

Mais le père n'aurait pas permis une telle manœuvre.

Αλλά ο πατέρας δεν θα επέτρεπε έναν τέτοιο ελιγμό.

En fait, il le sifflait encore plus sauvagement qu'avant.

Στην πραγματικότητα, του σφύριζε ακόμα πιο άγρια από πριν.

On aurait dit qu'il y avait plus d'un homme qui lui sifflait dessus.

Ακουγόταν σαν κάτι περισσότερο από ένας απλός άντρας που του σφύριζε.

Ses revendications semblaient revêtir une nouvelle urgence.

Οι απαιτήσεις του φαινόταν να έχουν μια νέα επείγουσα ανάγκη πίσω τους.

Il n'y avait vraiment plus de temps à perdre.

Πραγματικά δεν υπήρχε πια χρόνος για χαζομάρες.

Quoi qu'il arrive, Gregor devait franchir la porte.

Ό,τι και να είχε συμβεί, ο Γκρέγκορ έπρεπε να περάσει την πόρτα.

Il s'est imposé sans aucun égard pour lui-même.

Πίεσε τον εαυτό του χωρίς καμία αυτοεκτίμηση.

Un côté de son corps fut projeté vers le haut par le mouvement.

Η μία πλευρά του σώματός του αναγκάστηκε να ανασηκωθεί προς τα πάνω από την κίνηση.

Et il était allongé de travers, maladroitement, dans l'embrasure de la porte.

Και ξάπλωσε αδέξια και στραβά ανάμεσα στην πόρτα.

Un de ses flancs était à vif à cause du frottement contre le bois.

Ένα από τα πλευρά του ήταν τριμμένο άψογα στο ξύλο.

Et il avait laissé des taches disgracieuses sur la porte peinte en blanc.

Και είχε αφήσει άσχημους λεκέδες στην άσπρη βαμμένη πόρτα.

Les jambes d'un de ses côtés pendaient en tremblant dans le vide.

Τα πόδια στη μία πλευρά του κρέμονταν τρέμοντας στον αέρα.

Ses autres jambes étaient douloureusement enfoncées dans le sol.

Τα άλλα του πόδια πιέζονταν επώδυνα στο πάτωμα.

Bientôt, il allait se retrouver complètement coincé entre la porte et le mur.

Σύντομα θα είχε κολλήσει εντελώς ανάμεσα στην πόρτα.

Et alors, il n'aurait plus pu bouger du tout.

Και τότε δεν θα μπορούσε να κινηθεί καθόλου.

Mais le père lui a donné une forte impulsion véritablement libératrice.

Αλλά ο πατέρας του έδωσε μια πραγματικά απελευθερωτική δυνατή ώθηση.

Et il tomba, ensanglanté, loin dans sa chambre.

Και έπεσε, αιμορραγώντας βαριά, βαθιά μέσα στο δωμάτιό του.

Le père claqua la porte derrière lui avec sa canne.

Ο πατέρας έκλεισε την πόρτα πίσω του με το μπαστούνι του.

Et puis, enfin, le calme et la tranquillité revinrent.

Και μετά επιτέλους επικράτησε ξανά λίγη ηρεμία και γαλήνη.

Deuxième partie
Μέρος Δεύτερο

Gregor ne s'est réveillé que bien plus tard dans la journée.

Ο Γκρέγκορ δεν ξύπνησε παρά πολύ αργότερα μέσα στην ημέρα.

Le crépuscule était tombé ; il avait dormi profondément, inconsciemment.

Είχε πέσει το σούρουπο· είχε κοιμηθεί βαριά και αναίσθητος.

Il se serait réveillé même sans avoir été dérangé.

Θα είχε ξυπνήσει ακόμα και χωρίς να τον ενοχλήσουν.

Parce qu'il se sentait suffisamment reposé et avait bien dormi.

Επειδή ένιωθε αρκετά ξεκούραστος και κοιμόταν καλά.

Mais il crut entendre quelques pas furtifs à l'extérieur.

Αλλά του νόμιζε ότι άκουσε κάποια φευγαλέα βήματα έξω.

Et quelqu'un aurait pu refermer soigneusement la porte d'entrée.

Και κάποιος μπορεί να έκλεισε προσεκτικά την μπροστινή πόρτα.

La lumière du tramway électrique se projetait faiblement au plafond.

Το φως του ηλεκτρικού τραμ έπεφτε χλωμό στην οροφή.

Le dessus du meuble a également reçu un peu de lumière.

Το πάνω μέρος των επίπλων έλαβε επίσης λίγο φως.

Mais en bas, au niveau de Gregor, il faisait sombre.

Αλλά κάτω στο έδαφος, στο επίπεδο του Γκρέγκορ, ήταν σκοτεινά.

Ses jambes le poussèrent lentement de nouveau vers la porte.

Τα πόδια του τον έσπρωξαν αργά ξανά προς την πόρτα.

Il était très curieux de voir ce qui s'était passé là-bas.

Ήταν πολύ περίεργος να δει τι είχε συμβεί εκεί.

Mais le contrôle de ses antennes n'était pas encore développé.

Αλλά ο έλεγχος των συναισθημάτων του δεν είχε ακόμη
αναπτυχθεί.

Bien qu'il ait commencé à apprécier ces nouveaux capteurs.

Αν και άρχισε να εκτιμά αυτούς τους νέους αισθητήρες.

**Une longue et disgracieuse cicatrice semblait lui barrer le
flanc gauche.**

Μια μακριά, δυσάρεστη ουλή φαινόταν να τρέχει στην
αριστερή του πλευρά.

**La cicatrice lui donnait l'impression de contracter ce côté de
son corps.**

Η ουλή ένιωθε σαν να έσφιγγε εκείνη την πλευρά του
σώματός του.

**Il devait donc littéralement boiter en s'appuyant sur ses
deux rangées de pattes.**

Και έτσι αναγκάστηκε κυριολεκτικά να κουτσαίνει στις δύο
σειρές ποδιών του.

L'une de ses jambes avait été grièvement blessée ce matin-là.

Το ένα του πόδι είχε τραυματιστεί σοβαρά εκείνο το πρωί.

**C'était vraiment un miracle qu'il ne se soit pas cassé plus de
jambes.**

Πραγματικά ήταν θαύμα που δεν είχε σπάσει περισσότερα
πόδια.

Et il traîna donc sa jambe blessée, inerte, derrière lui.

Και έτσι έσερνε άψυχα πίσω του το τραυματισμένο του
πόδι.

**Lorsqu'il atteignit la porte, il réalisa quelque chose de
profond.**

Όταν έφτασε στην πόρτα, συνειδητοποίησε κάτι βαθύ.

C'était l'odeur de quelque chose qui l'avait attiré là.

Ήταν η μυρωδιά κάποιου πράγματος που τον είχε δελεάσει
εκεί.

**Quelque chose de comestible avait été laissé pour Gregor
dans sa chambre.**

Κάτι βρώσιμο είχε μείνει για τον Γκρέγκορ στο δωμάτιό
του.

**Des morceaux de pain blanc flottant dans un bol de lait
sucré.**

Κομμάτια λευκού ψωμιού που επιπλέουν σε ένα μπολ με γλυκό γάλα.

Il pouvait à peine contenir la joie qui l'habitait.

Δύσκολα μπορούσε να συγκρατήσει τη χαρά που έκρυβε μέσα του.

Il avait encore plus faim maintenant que le matin.

Πεινούσε ακόμα περισσότερο τώρα από ό,τι το πρωί.

Il plongea aussitôt la tête dans le bol de lait.

Αμέσως βούτηξε το κεφάλι του στο μπολ με το γάλα.

Le lait lui recouvrait presque toute la tête, jusqu'aux yeux.

Το γάλα ξεπρόβαλε σχεδόν σε όλο του το κεφάλι, μέχρι τα μάτια του.

Mais il a rapidement retiré sa tête, amèrement déçu.

Αλλά σύντομα τράβηξε το κεφάλι του πίσω, πικρά απογοητευμένος.

L'alimentation était difficile en raison de la fragilité de son côté gauche.

Το φαγητό ήταν δύσκολο λόγω της ευαίσθητης αριστερής του πλευράς.

Et il ne pouvait manger qu'en haletant de tout son corps.

Και μπορούσε να φάει μόνο λαχανιάζοντας με όλο του το σώμα.

Mais ce n'était pas la véritable raison de sa déception.

Αλλά αυτός δεν ήταν ο πραγματικός λόγος της απογοήτευσής του.

Le lait avait toujours été l'un de ses plats préférés.

Το γάλα ήταν πάντα ένα από τα αγαπημένα του πιάτα.

Il ne doutait pas que sa sœur s'en souvenait.

Δεν είχε καμία αμφιβολία ότι η αδερφή του το θυμόταν αυτό.

Et c'est pour cela qu'elle lui avait donné du lait.

Και αυτός ήταν ο λόγος που του είχε δώσει γάλα.

Il n'a pas su expliquer pourquoi il n'aimait plus le lait.

Δεν μπορούσε να εξηγήσει γιατί τώρα αντιπαθούσε το γάλα.

Et il se détourna du bol presque à contrecœur.

Και γύρισε μακριά από το μπολ σχεδόν απρόθυμα.

Déçu, il retourna en rampant au milieu de la pièce.

Απογοητευμένος, σύρθηκε πίσω στη μέση του δωματίου.

De là, il pouvait voir à travers la fente de la porte.

Εδώ μπόρεσε να δει μέσα από τη χαραμάδα της πόρτας.

Il pouvait voir que le feu était allumé dans le salon.

Μπορούσε να δει ότι η φωτιά στο σαλόνι ήταν αναμμένη.

Habituellement, à cette heure-ci, le père lisait le journal.

Συνήθως αυτή την ώρα ο πατέρας διάβαζε την εφημερίδα.

Il avait toujours l'habitude de lire à sa mère à voix haute.

Πάντα διάβαζε στη μητέρα με υψωμένη φωνή.

Parfois, la sœur écoutait aussi les conversations du père.

Μερικές φορές η αδερφή άκουγε και τον πατέρα.

Elle avait toujours parlé à Gregor de ces lectures à voix haute.

Πάντα έλεγε στον Γκρέγκορ γι' αυτή την ανάγνωση φωναχτά.

Mais aujourd'hui, aucun son ne provenait de la pièce.

Αλλά σήμερα δεν ακουγόταν κανένας ήχος από το δωμάτιο.

Peut-être cette habitude s'était-elle déjà perdue.

Ίσως αυτή η συνήθεια να είχε ήδη ξεπεραστεί.

Un silence profond s'était installé dans tout l'appartement.

Μια βαθιά ησυχία είχε απλωθεί σε όλο το διαμέρισμα.

Bien qu'il sût que l'appartement n'était certainement pas vide.

Αν και ήξερε ότι το διαμέρισμα σίγουρα δεν ήταν άδειο.

« Quelle vie tranquille mène cette famille », pensa Gregor.

«Τι ήσυχη ζωή ζούσε η οικογένεια», σκέφτηκε ο Γκρέγκορ.

Et il fixa l'obscurité avec une grande fierté.

Και κοίταξε το σκοτάδι με μεγάλη υπερηφάνεια.

Il était fier de la vie qu'il avait pu leur offrir.

Ήταν περήφανος για τη ζωή που είχε καταφέρει να τους χαρίσει.

Il était fier du bel appartement qu'ils occupaient.

Ήταν περήφανος για το όμορφο διαμέρισμα στο οποίο έμεναν.

Mais cette paix était-elle sur le point de connaître une fin tragique ?

Αλλά μήπως όλη αυτή η ειρήνη επρόκειτο να φτάσει σε ένα τρομερό τέλος;

Allait-on leur ravir leur prospérité ?

Θα τους αφαιρούνταν η ευημερία τους;

Leur bonheur était-il désormais incertain pour l'avenir ?

Ήταν πλέον αβέβαιη η ικανοποίησή τους στο μέλλον;

Mais il ne voulait pas se perdre dans de telles pensées.

Αλλά δεν ήθελε να χαθεί σε τέτοιες σκέψεις.

Pour s'occuper, il grimpait et descendait les murs.

Για να κρατήσει τον εαυτό του απασχολημένο, σέρνονταν πάνω κάτω στους τοίχους.

Durant cette longue soirée, une porte était entrouverte.

Κατά τη διάρκεια της μακράς βραδιάς, μια πόρτα άνοιξε ελαφρά.

Et à un autre moment, l'autre porte s'ouvrit légèrement.

Και κάποια άλλη στιγμή η άλλη πόρτα άνοιξε λίγο.

Mais à chaque fois, les portes se sont refermées aussitôt.

Αλλά και τις δύο φορές οι πόρτες έκλεισαν γρήγορα ξανά.

De toute évidence, quelqu'un à l'extérieur souhaitait entrer.

Προφανώς κάποιος απ' έξω είχε την επιθυμία να μπει μέσα.

Mais ils avaient aussi trop d'inquiétudes à l'idée de venir.

Αλλά είχαν επίσης πάρα πολλές ανησυχίες για την είσοδό τους.

Gregor s'arrêta alors net devant la porte du salon.

Ο Γκρέγκορ σταμάτησε τώρα ακριβώς στην πόρτα του σαλονιού.

Il était déterminé à trouver un moyen de tenter le visiteur hésitant.

Ήταν αποφασισμένος να δελεάσει με κάποιο τρόπο τον διστακτικό επισκέπτη.

Il voulait aussi savoir qui était le visiteur.

Και ήθελε επίσης να μάθει ποιος ήταν ο επισκέπτης.

Mais ce soir-là, la porte ne fut pas ouverte une troisième fois.

Αλλά εκείνο το βράδυ η πόρτα δεν άνοιξε για τρίτη φορά.

Et Gregor passa son temps à attendre en vain près de la porte.

Και ο Γκρέγκορ περνούσε τον χρόνο του περιμένοντας στην πόρτα μάταια.

Plus tôt dans la journée, ils avaient tous voulu entrer dans la pièce.

Νωρίτερα εκείνη την ημέρα όλοι ήθελαν να μπουν στο δωμάτιο.

Maintenant que les portes étaient déverrouillées, ce serait plus facile pour eux.

Τώρα που οι πόρτες ήταν ξεκλείδωτες, θα ήταν πιο εύκολο γι' αυτούς.

Mais ils ont choisi de rester de l'autre côté de la pièce.

Αλλά επέλεξαν να μείνουν στην άλλη άκρη του δωματίου.

Gregor remarqua que les clés n'étaient plus dans leurs serrures.

Ο Γκρέγκορ παρατήρησε ότι τα κλειδιά δεν ήταν πια στις κλειδαριές τους.

Quelqu'un a dû déplacer les clés vers la serrure extérieure.

Κάποιος πρέπει να έχει μετακινήσει τα κλειδιά στην εξωτερική κλειδαριά.

Ce n'est que tard dans la nuit que la lumière du salon était éteinte.

Μόνο αργά το βράδυ έσβησε το φως του σαλονιού.

La famille a dû rester éveillée tout ce temps.

Η οικογένεια πρέπει να έμεινε ξύπνια όλο αυτό το διάστημα.

Et Gregor pouvait clairement les entendre s'éloigner sur la pointe des pieds.

Και ο Γκρέγκορ τους άκουγε καθαρά να απομακρύνονται στις μύτες των ποδιών.

Désormais, personne n'allait venir voir Gregor avant le lendemain matin.

Τώρα κανείς δεν επρόκειτο να έρθει στον Γκρέγκορ μέχρι το πρωί.

Il eut donc tout le temps d'être seul, de réfléchir en toute tranquillité.

Έτσι είχε πολύ χρόνο μόνος του, για να σκεφτεί ανενόχλητος.

Quelle serait la meilleure façon de réorganiser sa vie maintenant ?

Ποιος θα ήταν ο καλύτερος τρόπος για να αναδιοργανώσει τη ζωή του τώρα;

Mais les hauts murs de la pièce vide l'effrayaient.

Αλλά οι ψηλοί τοίχοι του άδειου δωματίου τον τρόμαξαν.

Il n'avait pas d'autre choix que de s'allonger à plat ventre sur le sol.

Δεν είχε άλλη επιλογή από το να ξαπλώσει καταγής.

Et il n'a jamais trouvé la cause de sa peur dans cet espace.

Και ποτέ δεν βρήκε την αιτία του φόβου του σε εκείνο το χώρο.

C'était la même pièce où il avait vécu pendant cinq ans.

Ήταν το ίδιο δωμάτιο στο οποίο έμενε για πέντε χρόνια.

Semi-consciemment, il fit un mouvement vers le canapé.

Μισοσυνείδητα έκανε μια κίνηση προς τον καναπέ.

Et sans aucune honte, il se cacha sous le canapé.

Και χωρίς καμία ντροπή κρύφτηκε κάτω από τον καναπέ.

Là-bas, il se sentit immédiatement de nouveau très à l'aise.

Εκεί κάτω ένιωσε αμέσως ξανά πολύ άνετα.

Bien que son dos soit un peu comprimé.

Παρά το γεγονός ότι η πλάτη του ήταν λίγο πιεσμένη.

Il ne pouvait plus non plus lever la tête sous le canapé.

Δεν μπορούσε πλέον να σηκώσει το κεφάλι του ούτε κάτω από τον καναπέ.

Mais même cela, il préférait éviter de se trouver dans un espace ouvert.

Αλλά ακόμα και αυτό προτιμούσε από το να βρίσκεται σε οποιονδήποτε ανοιχτό χώρο.

Il regrettait toutefois que son corps soit si large.

Ωστόσο, μετάνιωσε που το σώμα του ήταν τόσο πλατύ.

Le canapé ne pouvait pas recouvrir entièrement son corps.

Ο καναπές δεν μπορούσε να καλύψει πλήρως όλο του το σώμα.

Il est resté sous le canapé toute la nuit.

Έμεινε κάτω από τον καναπέ όλη τη νύχτα.

Il passa la nuit à moitié endormi, troublé par sa faim.

Τη νύχτα την πέρασε μισοκοιμισμένος, ταραγμένος από την πείνα του.

Et le temps qu'il passait éveillé, il le consacrait soit à s'inquiéter, soit à espérer.

Και τον χρόνο που ήταν ξύπνιος τον περνούσε είτε ανησυχώντας είτε ελπίζοντας.

Mais tous ses vagues espoirs menaient à la même conclusion.

Αλλά όλες οι αόριστες ελπίδες του οδηγούσαν στο ίδιο συμπέρασμα.

Il n'avait d'autre choix que de rester silencieux pour le moment.

Δεν είχε άλλη επιλογή από το να παραμείνει σιωπηλός προς το παρόν.

Il devait faire preuve de patience et de considération envers la famille.

Έπρεπε να δείξει υπομονή και σεβασμό στην οικογένεια.

C'était le seul moyen de rendre ce désagrément supportable.

Ήταν ο μόνος τρόπος για να γίνει η ταλαιπωρία υποφερτή.

Le désagrément qu'il imposait désormais à la famille.

Η ταλαιπωρία που τώρα επέβαλε στην οικογένεια.

Il n'a pas eu à attendre longtemps pour prouver sa compassion.

Δεν χρειάστηκε να περιμένει πολύ για να αποδείξει τη συμπόνια του.

Tôt le matin, sa sœur jeta un coup d'œil dans sa chambre.

Νωρίς το πρωί η αδελφή κοίταξε στο δωμάτιό του.

En réalité, c'était autant la nuit que le matin.

Αν και στην πραγματικότητα ήταν τόσο νύχτα όσο και πρωί.

Elle était entièrement habillée et semblait éprouver de l'excitation.

Ήταν πλήρως ντυμένη και φαινόταν να δείχνει ενθουσιασμό.

La solidité de sa décision nouvellement prise pourrait être mise à l'épreuve.

Η ισχύς της πρόσφατα ληφθείσας απόφασής του μπορούσε να δοκιμαστεί.

Elle ne l'a pas immédiatement repéré au premier coup d'œil.

Δεν τον εντόπισε αμέσως με την πρώτη της ματιά.

Il devait forcément être quelque part ; il n'aurait pas pu s'envoler.

Έπρεπε να βρίσκεται κάπου· δεν γινόταν να πετάξει μακριά.

Puis son regard parcourut une seconde fois la pièce.

Αλλά τότε τα μάτια της έριξαν μια δεύτερη ματιά στο δωμάτιο.

Et cette fois, elle a aperçu son torse sous le canapé.

Και αυτή τη φορά εντόπισε τον κορμό του κάτω από τον καναπέ.

Elle était si effrayée qu'elle a perdu tout contrôle d'elle-même.

Ήταν τόσο τρομοκρατημένη που έχασε κάθε αυτοέλεγχο.

Et sa première réaction fut de claquer la porte à nouveau.

Και η πρώτη της αντίδραση ήταν να κλείσει ξανά με δύναμη την πόρτα.

Mais elle a aussi semblé immédiatement regretter son comportement.

Αλλά φάνηκε επίσης να μετανιώνει αμέσως για τη συμπεριφορά της.

Aussitôt qu'elle eut claqué la porte, elle la rouvrit.

Μόλις έκλεισε την πόρτα με δύναμη, την άνοιξε ξανά.

Et cette fois, elle entra dans la pièce sur la pointe des pieds.

Και αυτή τη φορά μπήκε απαλά στις μύτες των ποδιών της στο δωμάτιο.

Elle se déplaçait comme si elle rendait visite à une personne gravement malade.

Κινήθηκε σαν να επισκεπτόταν κάποιον σοβαρά άρρωστο.

Ou bien elle rendait visite à un parfait inconnu.

Ή μπορεί να επισκεπτόταν έναν εντελώς άγνωστο.

Gregor poussa sa tête presque jusqu'au bord du canapé.

Ο Γκρέγκορ έσπρωξε το κεφάλι του σχεδόν στην άκρη του κανapé.

Et, caché sous le coffre-fort, il l'observait dans la pièce.

Και από κάτω από το χρηματοκιβώτιο την παρακολουθούσε στο δωμάτιο.

Allait-elle remarquer qu'il avait oublié le lait ?

Θα πρόσεχε άραγε ότι είχε αφήσει το γάλα;

Il n'avait pas laissé le lait par manque de faim.

Δεν είχε αφήσει το γάλα λόγω έλλειψης πείνας.

Allait-elle lui apporter un autre plat ?

Μήπως θα του έφερνε διαφορετικό φαγητό;

Peut-être un plat qui corresponde mieux à ses goûts.

Ίσως ένα πιάτο που να ταίριαζε καλύτερα στις προτιμήσεις του.

Mais elle aurait dû remarquer elle-même son appétit.

Αλλά θα έπρεπε να είχε παρατηρήσει η ίδια την όρεξή του.

Il aurait préféré mourir de faim plutôt que de lui en parler.

Θα προτιμούσε να είχε πεθάνει της πείνας παρά να την κάνει να το συνειδητοποιήσει.

En réalité, il aurait beaucoup aimé le lui dire.

Στην πραγματικότητα, θα ήθελε πολύ να της το πει.

Il était vraiment tenté de tirer sur lui depuis sous le canapé.

Μπήκε πραγματικά στον πειρασμό να ορμήσει έξω από κάτω από τον καναπέ.

Il avait envie de se jeter aux pieds de sa sœur.

Ήθελε να πέσει στα πόδια της αδερφής του.

Et il voulait lui demander quelque chose de bon à manger.

Και ήθελε να της ζητήσει κάτι καλό να φάει.

Mais la sœur regarda alors le bol de lait.

Αλλά τότε η αδελφή κοίταξε προς το μπολ με το γάλα.

Elle remarqua aussitôt que le bol était encore plein.

Αμέσως παρατήρησε ότι το μπολ ήταν ακόμα γεμάτο.

Elle était plutôt surprise que Gregor n'ait rien mangé.

Έμεινε μάλλον έκπληκτη που ο Γκρέγκορ δεν είχε φάει τίποτα.

Seul un peu de lait avait été renversé sur le sol.

Μόνο λίγο γάλα είχε χυθεί στο πάτωμα.

Elle a aussitôt ramassé le bol et l'a emporté.

Αμέσως πήρε το μπολ και το έβγαλε έξω.

Il vit qu'elle ne ramassait pas le bol à mains nues.

Είδε ότι δεν σήκωσε το μπολ με γυμνά χέρια.

Au lieu de cela, elle ramassa le bol à l'aide d'un des chiffons.

Αντ' αυτού, σήκωσε το μπολ χρησιμοποιώντας ένα από τα κουρέλια.

Mais Gregor oublia très vite ce petit détail.

Αλλά ο Γκρέγκορ ξέχασε πολύ γρήγορα αυτή τη μικρή λεπτομέρεια.

Il était désormais beaucoup plus enthousiaste à propos d'autre chose.

Τώρα ήταν πολύ πιο ενθουσιασμένος για κάτι άλλο.

Qu'est-ce qu'elle pourrait apporter à la place du lait ?

Τι θα μπορούσε να φέρει ως αντικατάσταση του γάλακτος;

Il avait diverses idées sur ce qu'elle pourrait apporter.

Είχε διάφορες σκέψεις για το τι θα μπορούσε να φέρει.

Mais la gentillesse de sa sœur a dépassé ses espérances.

Αλλά η καλοσύνη της αδερφής του ξεπέρασε τις προσδοκίες του.

Elle comprit qu'elle devait tester ses nouveaux goûts.

Συνειδητοποίησε ότι έπρεπε να δοκιμάσει ποιες ήταν οι νέες του προτιμήσεις.

Elle a donc apporté toute une sélection de plats différents.

Έτσι έφερε μια ολόκληρη ποικιλία από διαφορετικά φαγητά.

Légumes à moitié pourris, os du repas du soir.

Μισοσάπια λαχανικά, κόκαλα από το βραδινό γεύμα.

De la sauce solidifiée provenant de leur autre repas.

Στερεοποιημένη σάλτσα από το άλλο γεύμα που είχαν φάει.

Quelques raisins secs, des amandes, du pain sec, du pain beurré.

Μερικές σταφίδες, μερικά αμύγδαλα, ξερό ψωμί, ψωμί με βούτυρο.

Du pain beurré et salé.

Λίγο ψωμί που είχε βουτυρωθεί και αλατιστεί.

Du fromage que Gregor avait déclaré immangeable il y a deux jours.

Τυρί που ο Γκρέγκορ είχε χαρακτηρίσει ακατάλληλο για βρώση πριν από δύο μέρες.

Toute cette sélection de nourriture était disposée sur un journal.

Όλη αυτή η επιλογή φαγητού τοποθετήθηκε σε μια εφημερίδα.

Elle a également placé un bol d'eau à côté de ses repas.

Και έβαλε επίσης ένα μπολ με νερό δίπλα στα γεύματά του.

Elle savait que Gregor n'aurait pas mangé devant elle.

Ήξερε ότι ο Γκρέγκορ δεν θα είχε φάει μπροστά της.

Par respect pour lui, elle quitta de nouveau la pièce.

Έτσι, από σεβασμό προς αυτόν, έφυγε ξανά από το δωμάτιο.

Et elle a même tourné la clé dans la serrure en partant.

Και μάλιστα γύρισε το κλειδί στην κλειδαριά καθώς έφευγε.

Mais elle tourna la clé très doucement et avec précaution.

Αλλά γύρισε το κλειδί πολύ ήσυχα και προσεκτικά.

De cette façon, seul Gregor saurait que la porte était verrouillée.

Με αυτόν τον τρόπο μόνο ο Γκρέγκορ θα ήξερε ότι η πόρτα ήταν κλειδωμένη.

Il pouvait désormais s'installer aussi confortablement qu'il le souhaitait.

Τώρα μπορούσε να βολευτεί όσο ήθελε.

Les jambes de Gregor s'agitaient frénétiquement à l'heure du repas.

Τα πόδια του Γκρέγκορ βούιζαν όταν ήρθε η ώρα του φαγητού.

Il est à noter qu'il ne ressentait plus aucune gêne.

Αξίζει να σημειωθεί ότι δεν ένιωθε πλέον καμία ενόχληση.

Ses blessures doivent déjà être complètement guéries.

Οι πληγές του πρέπει να έχουν ήδη επουλωθεί εντελώς.

Parce qu'il ne ressentait plus ses anciens handicaps.

Επειδή δεν ένιωθε πλέον τις προηγούμενες αναπηρίες του.
Sa nouvelle capacité de guérison le surprit et l'émerveilla.
Η νέα του ικανότητα να θεραπεύει τον εξέπληξε και τον κατέπληξε.
Il y a plus d'un mois, il s'est coupé le doigt avec un couteau.
Πριν από περισσότερο από ένα μήνα έκοψε το δάχτυλό του με ένα μαχαίρι.
Il y a encore deux jours, cette blessure le faisait souffrir.
Μέχρι πριν από δύο μέρες, η πληγή τον πονούσε ακόμα.
« Suis-je beaucoup moins sensible maintenant ? » pensa-t-il.
«Είμαι πολύ λιγότερο ευαίσθητος τώρα;» σκέφτηκε.
À ce moment-là, il suçait déjà goulûment le fromage.
Μέχρι τώρα ρουφούσε ήδη λαίμαργα το τυρί.
Il était plus attiré par le fromage que par les autres aliments.
Τον τράβηξε περισσότερο το τυρί παρά τα άλλα φαγητά.
Il mangeait rapidement un morceau de fromage après l'autre.
Έφαγε γρήγορα το ένα κομμάτι τυρί μετά το άλλο.
Ses yeux s'embuèrent de satisfaction à la vue de ce goût.
Τα μάτια του δάκρυσαν από ικανοποίηση στη γεύση του.
Après le fromage, il mangea les légumes et la sauce.
Μετά το τυρί έφαγε τα λαχανικά και τη σάλτσα.
Cependant, les aliments frais ne lui plaisaient pas.
Το φρέσκο φαγητό, ωστόσο, δεν του άρεσε.
En fait, il ne supportait même pas l'odeur des aliments frais.
Στην πραγματικότητα, δεν άντεχε ούτε τη μυρωδιά του φρέσκου φαγητού.
Il a même éloigné les autres aliments des aliments frais.
Μάλιστα, έσερνε και τα άλλα φαγητά μακριά από το φρέσκο φαγητό.
Et il a très vite terminé la nourriture la plus comestible.
Και πολύ γρήγορα τελείωσε το πιο βρώσιμο φαγητό.
Tous ces mets délicieux avaient un effet soporifique sur lui.
Όλα τα νόστιμα φαγητά είχαν μια νανουριστική επίδραση πάνω του.
Et il s'allongea paresseusement à l'endroit où il avait mangé.
Και ξάπλωσε νωχελικά στο σημείο όπου είχε φάει.

Finalement, sa sœur est revenue prendre de ses nouvelles.

Τελικά η αδερφή του επέστρεψε για να τον ελέγξει ξανά.

Elle a eu la prévoyance de tourner la clé très lentement.

Είχε την προνοητικότητα να γυρίζει το κλειδί πολύ αργά.

Cela a averti Gregor qu'il devait se retirer.

Αυτό έδωσε στον Γκρέγκορ μια προειδοποίηση ότι έπρεπε να αποσυρθεί.

Étourdi et surpris, il se précipita sous le canapé.

Ζαλισμένος και ξαφνιασμένος, έσπευσε πίσω κάτω από τον καναπέ.

Mais rester sous le canapé n'était pas si facile cette fois-ci.

Αλλά το να μείνει κάτω από τον καναπέ δεν ήταν τόσο εύκολο αυτή τη φορά.

Son corps s'était un peu arrondi à cause de toute cette nourriture.

Το σώμα του είχε στρογγυλευτεί λίγο από όλο αυτό το φαγητό.

Et il devait se retenir pour ne pas s'épuiser à nouveau.

Και έπρεπε να συγκρατηθεί για να μην ξεμείνει από τρέχουσες καταστάσεις.

Même si la sœur n'est pas restée longtemps dans la chambre.

Παρόλο που η αδελφή δεν έμεινε πολύ στο δωμάτιο.

Il avait du mal à respirer dans cet espace étroit.

Δυσκολευόταν να αναπνεύσει κάτω από εκείνο το στενό χώρο.

Mais il a surmonté ces petites crises d'étouffement.

Αλλά πρόλαβε να ξεπεράσει τις μικρές κρίσεις ασφυξίας.

Les yeux exorbités, il observait les agissements de sa sœur.

Με γουρλωμένα μάτια παρακολουθούσε τις δραστηριότητες της αδελφής.

La sœur, sans se douter de rien, a tout versé dans un seau.

Η ανυποψίαστη αδερφή τα έριξε όλα σε έναν κουβά.

Elle s'est non seulement débarrassée de la nourriture que Gregor n'avait pas mangée, mais elle l'a fait.

Δεν πέταξε μόνο το φαγητό που δεν είχε φάει ο Γκρέγκορ.

Mais elle jetait aussi la nourriture qu'il n'avait pas touchée.

Αλλά επίσης ξεφορτώθηκε το φαγητό που δεν είχε αγγίξει.

Apparemment, cet aliment n'était plus comestible pour personne.

Προφανώς αυτό το φαγητό δεν ήταν πλέον βρώσιμο για κανέναν.

Elle referma ensuite le seau à nourriture avec un couvercle en bois.

Στη συνέχεια έκλεισε τον κουβά με το φαγητό με ένα ξύλινο καπάκι.

Et avec la nourriture, le seau et la serpillière, elle est partie.

Και με το φαγητό, τον κουβά και τη σφουγγαρίστρα, έφυγε.

Gregor n'aurait pas pu attendre beaucoup plus longtemps.

Ο Γκρέγκορ δεν θα μπορούσε να περιμένει για πολύ ακόμα.

Dès qu'elle fut partie, il s'échappa de sous le canapé.

Μόλις εκείνη έφυγε, εκείνος δραπέτευσε κάτω από τον καναπέ.

Il s'étira et souffla de soulagement.

Και τεντώθηκε και φυσούσε από ανακούφιση.

C'est ainsi que Gregor recevait de la nourriture de temps à autre.

Έτσι λάμβανε φαγητό ο Γκρέγκορ κάθε τόσο.

Sa sœur lui a donné à manger une fois, tôt le matin.

Η αδερφή του τού έδωσε φαγητό μια φορά νωρίς το πρωί.

À cette heure-ci, les parents et la bonne dormaient encore.

Εκείνη την ώρα οι γονείς και η υπηρέτρια κοιμόντουσαν ακόμα.

Et il a reçu un deuxième repas après le déjeuner de tout le monde.

Και έλαβε ένα δεύτερο γεύμα αφού όλοι έτρωγαν μεσημεριανό.

Car à ce moment-là, les parents dormaient aussi un peu.

Γιατί εκείνη την ώρα κοιμόντουσαν και οι γονείς για λίγο.

Et la servante fut envoyée par la sœur faire une course.

Και η υπηρέτρια έφυγε από την αδερφή για κάποια δουλειά.

Ils n'avaient certainement aucune intention de laisser Gregor mourir de faim.

Σίγουρα δεν είχαν καμία πρόθεση να αφήσουν τον Γκρέγκορ να λιμοκτονήσει.

Mais ils n'auraient pas voulu le regarder manger non plus.

Αλλά δεν θα ήθελαν ούτε να τον δουν να τρώει.

Les informations fournies par la sœur étaient suffisantes.

Αυτά που ανέφερε η αδελφή ήταν αρκετές πληροφορίες.

C'était peut-être sa façon d'épargner aux parents leur chagrin.

Ίσως ήταν ο τρόπος της να γλιτώσει τους γονείς από τη θλίψη.

Ils avaient déjà suffisamment souffert de ses actes.

Είχαν ήδη υποφέρει αρκετά από τις πράξεις του.

Le premier jour s'estompait peu à peu dans les mémoires.

Η πρώτη μέρα σιγά σιγά γινόταν μια μακρινή ανάμνηση.

Gregor n'avait aucun moyen de savoir ce qui s'était passé ce jour-là.

Ο Γκρέγκορ δεν είχε κανέναν τρόπο να μάθει τι συνέβη εκείνη την ημέρα.

Comment le serrurier a-t-il été conduit hors de l'appartement ?

Πώς οδηγήθηκε ο κλειδαράς έξω από το διαμέρισμα;

Quelles excuses ont finalement satisfait le médecin ?

Με ποιες δικαιολογίες ικανοποιήθηκε τελικά ο γιατρός;

Il n'avait trouvé aucun moyen de se faire comprendre.

Δεν είχε βρει κανέναν τρόπο να γίνει κατανοητός.

Il n'a même pas réussi à communiquer avec sa sœur.

Δεν κατάφερε καν να επικοινωνήσει με την αδερφή του.

Ils en conclurent donc qu'il ne pouvait pas les comprendre.

Και έτσι νόμιζαν ότι δεν μπορούσε να τους καταλάβει.

C'est pourquoi aucun effort ne fut fait pour lui parler.

Και γι' αυτό δεν έγινε καμία προσπάθεια να του μιλήσω.

Sa sœur venait dans sa chambre tous les matins et à midi.

Η αδερφή του ερχόταν στο δωμάτιό του κάθε πρωί και μεσημεριανό.

Mais il devait se contenter d'entendre ses soupirs.

Αλλά έπρεπε να αρκεστεί στο να ακούει τους αναστεναγμούς της.

Plus tard, elle s'est un peu plus habituée à la forme de Gregor.

Αργότερα συνήθισε λίγο περισσότερο τη φόρμα του Γκρέγκορ.

Et elle se sentait un peu plus libre de faire davantage de remarques.

Και ένιωσε λίγη περισσότερη ελευθερία να κάνει περισσότερες παρατηρήσεις.

(Même si elle ne s'y habituerait jamais complètement.)

(Αν και δεν θα τον συνήθιζε ποτέ εντελώς.)

Et puis Gregor eut de nouveau l'impression qu'on lui parlait un peu plus.

Και τότε ο Γκρέγκορ ένιωσε ξανά ότι του μίλησαν λίγο περισσότερο.

Et il a perçu ce qu'il considérait comme des commentaires amicaux.

Και αντιλήφθηκε αυτό που θεώρησε φιλικά σχόλια.

"Il a apprécié son repas aujourd'hui", ou "il a tout mangé".

«Απόλαυσε το φαγητό του σήμερα» ή «έφαγε τα πάντα».

Mais cela n'arrivait que lorsqu'il avait fini de manger.

Αλλά αυτό συνέβαινε μόνο όταν είχε φάει όλο το φαγητό του.

Mais récemment, cela devenait de plus en plus rare.

Αλλά πρόσφατα αυτό γινόταν όλο και πιο σπάνιο.

« Il touchait à peine à sa nourriture », disait-elle plus souvent maintenant.

«Μόλις άγγιζε το φαγητό του», έλεγε πιο συχνά τώρα.

Et il y avait une pointe de tristesse dans sa voix à chaque fois.

Και υπήρχε μια πινελιά θλίψης στη φωνή της κάθε φορά.

Gregor ne pouvait entendre aucune autre nouvelle plus directement.

Ο Γκρέγκορ δεν μπορούσε να ακούσει άλλα νέα πιο άμεσα.

Mais il a entendu beaucoup de choses se dire dans les pièces voisines.

Αλλά άκουσε τυχαία πολλά νέα από τα διπλανά δωμάτια.

Lorsqu'il a entendu des voix, il a couru vers la porte correspondante.

Όταν άκουσε φωνές έτρεξε στην αντίστοιχη πόρτα.

Et il a plaqué tout son corps contre la porte pour entendre.

Και πίεσε όλο του το σώμα στην πόρτα για να ακούσει.

Toutes les conversations le concernaient d'une manière ou d'une autre.

Όλες οι συζητήσεις τον αφορούσαν με τον έναν ή τον άλλον τρόπο.

Même lorsque le sujet semblait porter sur autre chose.

Ακόμα και όταν το θέμα φαινόταν να αφορά κάτι άλλο.

Cette observation était particulièrement vraie au début.

Αυτή η παρατήρηση ήταν ιδιαίτερα αληθής στις πρώτες μέρες.

À chaque repas, ils répétaient la même discussion.

Σε κάθε γεύμα επαναλάμβαναν την ίδια συζήτηση.

Ils ne savaient toujours pas comment se comporter en sa présence.

Δεν ήταν ακόμα σίγουροι για το πώς να συμπεριφερθούν κοντά του.

Mais le même sujet a également été abordé entre les repas.

Αλλά το ίδιο θέμα συζητούνταν και ανάμεσα στα γεύματα.

Parce qu'il y avait toujours deux membres de la famille à la maison.

Επειδή υπήρχαν πάντα δύο μέλη της οικογένειας στο σπίτι.

Personne ne voulait rester seul à la maison.

Κανείς δεν ήθελε να μείνει μόνος του στο σπίτι.

Mais laisser l'appartement vide était également hors de question.

Αλλά και το να αφήσουν το διαμέρισμα άδειο ήταν εκτός συζήτησης.

La femme de ménage était la seule à ne pas être attachée à l'appartement.

Η καμαριέρα ήταν η μόνη που δεν ήταν δεσμευμένη στο διαμέρισμα.

Elle avait déjà demandé à partir dès le premier jour.

Είχε ήδη ζητήσει να φύγει από την πρώτη κιόλας μέρα.

Elle s'est agenouillée et a supplié qu'on la renvoie.

Έπεσε στα γόνατα και παρακάλεσε να την απολύσουν.

La famille ignorait l'étendue des connaissances de la bonne.

Η οικογένεια δεν ήξερε πόσα γνώριζε στην πραγματικότητα η υπηρέτρια.

À ce stade, elle n'en avait pas vu plus que quiconque.

Σε εκείνο το στάδιο δεν είχε δει περισσότερα από οποιονδήποτε άλλον.

Ce qui s'était passé restait un mystère pour la famille.

Αυτό που είχε συμβεί ήταν ακόμα ένα μυστήριο για την οικογένεια.

Mais un quart d'heure plus tard, elle fit ses adieux.

Αλλά ένα τέταρτο αργότερα την αποχαιρέτησε.

Et elle a remercié la famille, les larmes aux yeux.

Και ευχαρίστησε την οικογένεια με δάκρυα στα μάτια της.

Mais en réalité, elle les remerciait de l'avoir libérée.

Αλλά στην πραγματικότητα τους ευχαρίστησε που την είχαν απελευθερώσει.

Ils semblaient lui avoir témoigné la plus grande bienveillance.

Φαινόταν να της έχουν δείξει τη μεγαλύτερη καλοσύνη.

Elle a même prêté serment, sans qu'on le lui demande.

Έδωσε μάλιστα και όρκο, χωρίς να της το ζητήσουν.

Elle a dit qu'elle ne dirait à personne ce qui s'était passé.

Είπε ότι δεν θα έλεγε σε κανέναν τι είχε συμβεί.

Désormais, la sœur devait cuisiner avec sa mère.

Τώρα η αδερφή έπρεπε να μαγειρέψει μαζί με τη μητέρα της.

Mais ce n'était pas vraiment un inconvénient majeur.

Αλλά αυτό δεν ήταν και τόσο μεγάλη ταλαιπωρία.

Parce que de toute façon, ils n'avaient presque rien mangé tous les deux.

Επειδή οι δυο τους δεν έφαγαν σχεδόν τίποτα ούτως ή άλλως.

Gregor surprenait sans cesse la même conversation.

Ξανά και ξανά ο Γκρέγκορ άκουγε την ίδια συζήτηση.

L'un disait à l'autre qu'il devait manger davantage.

Ο ένας έλεγε στον άλλον ότι έπρεπε να φάει περισσότερο.

Mais cette personne n'a reçu aucune réponse de son interlocuteur.

Αλλά αυτό το άτομο δεν έλαβε καμία απάντηση από το άτομο.

« Merci, j'en ai assez », ou quelque chose de similaire.

«Ευχαριστώ, έχω αρκετά» ή κάτι παρόμοιο.

Peut-être qu'eux non plus ne buvaient plus rien.

Ίσως ούτε αυτοί έπιναν πια τίποτα.

Sa sœur demandait souvent à son père s'il voulait de la bière.

Η αδερφή ρωτούσε συχνά τον πατέρα της αν ήθελε μπύρα.

Et elle a proposé chaleureusement d'aller chercher la bière elle-même.

Και προσφέρθηκε θερμά να φέρει η ίδια την μπύρα.

Le père gardait toujours le silence à sa demande.

Ο πατέρας παρέμενε πάντα σιωπηλός στο αίτημά της.

La sœur devait donc trouver un moyen de dissiper tout doute.

Έτσι λοιπόν, η αδελφή έπρεπε να βρει έναν τρόπο να διώξει κάθε αμφιβολία.

Et elle a dit qu'elle enverrait la bonne chercher de la bière.

Και είπε ότι θα έστελνε την καμαριέρα να φέρει λίγη μπύρα.

Mais finalement, le père a dit un grand « non » retentissant.

Αλλά τότε ο πατέρας είπε τελικά ένα μεγάλο ηχηρό «όχι».

Puis, on n'a plus évoqué le fait qu'il boive une bière.

Τότε το θέμα ότι έπινε μπύρα δεν αναφέρθηκε πλέον.

Il avait déjà expliqué la situation financière auparavant.

Είχε ήδη εξηγήσει την οικονομική κατάσταση πριν.

En fait, il a évoqué les finances dès le premier jour.

Μάλιστα, ανέφερε τα οικονομικά την πρώτη κιόλας μέρα.

Il leur a bien fait comprendre quelles étaient les perspectives.

Τους έκανε να συνειδητοποιήσουν καλά ποιες ήταν οι προοπτικές.

Sa propre entreprise avait fait faillite il y a environ cinq ans.

Η δική του επιχείρηση είχε καταρρεύσει πριν από περίπου πέντε χρόνια.

De temps en temps, il se levait pour quitter la table.

Πού και πού σηκώθηκε για να φύγει από το τραπέζι.

Et il se dirigea vers la caisse de son ancien commerce.

Και πήγε στο ταμείο της παλιάς του επιχείρησης.

Il avait conservé la caisse enregistreuse par sentimentalisme.

Είχε σώσει την ταμειακή μηχανή από συναισθηματισμό.

Gregor l'entendit déverrouiller une serrure lourde et complexe.

Ο Γκρέγκορ τον άκουσε να ξεκλειδώνει μια βαριά και περίπλοκη κλειδαριά.

Et il sortit des reçus et des livres de comptes de la caisse.

Και έβγαλε αποδείξεις και βιβλία από το ταμείο.

Après avoir pris les objets, il a refermé la caisse à clé.

Αφού πήρε τα αντικείμενα, κλείδωσε ξανά το χρηματοκιβώτιο.

Gregor n'avait entendu aucune bonne nouvelle depuis son emprisonnement.

Ο Γκρέγκορ δεν είχε ακούσει κανένα καλό νέο από τότε που φυλακίστηκε.

Il pensait que l'entreprise avait ruiné son père.

Πίστευε ότι η επιχείρηση είχε οδηγήσει τον πατέρα του σε πτώχευση.

Le père avait certainement donné cette impression à Gregor.

Ο πατέρας σίγουρα είχε δώσει στον Γκρέγκορ αυτή την εντύπωση.

Et Gregor ne lui a plus jamais posé de questions sur les finances.

Και ο Γκρέγκορ δεν τον ρώτησε ποτέ περισσότερα για τα οικονομικά.

Gregor voulait faire tout son possible pour aider la famille.

Ο Γκρέγκορ ήθελε να κάνει ό,τι μπορούσε για να βοηθήσει την οικογένεια.

Il voulait les aider à oublier leurs difficultés financières.

Ήθελε να τους βοηθήσει να ξεχάσουν την επαγγελματική ατυχία.

La faillite qui a engendré un désespoir total.

Η χρεοκοπία που έφερε την απόλυτη απελπισία.

Il s'est donc mis à travailler avec une passion toute particulière.

έτσι άρχισε να εργάζεται με ένα πολύ ιδιαίτερο πάθος.

Il était devenu représentant de commerce itinérant presque du jour au lendemain.

Είχε γίνει περιοδεύων πωλητής σχεδόν από τη μια μέρα στην άλλη.

Avant cela, il n'avait travaillé que comme commis mal payé.

Πριν από αυτό εργαζόταν απλώς ως χαμηλόμισθος υπάλληλος.

Il avait désormais des opportunités de gains complètement différentes.

Τώρα είχε εντελώς διαφορετικές ευκαιρίες για κέρδος.

Les ventes réussies pouvaient être immédiatement converties en liquidités.

Οι επιτυχημένες πωλήσεις θα μπορούσαν να μετατραπούν αμέσως σε μετρητά.

L'argent étant bien sûr versé sur ses commissions.

Τα μετρητά φυσικά καταβάλλονται από τις προμήθειές του.

Désormais, Gregor pouvait mettre de l'argent sur la table familiale.

Τώρα ο Γκρέγκορ μπορούσε να βάλει χρήματα στο οικογενειακό τραπέζι.

Et ils étaient étonnés et ravis de ses gains.

Και έμειναν έκπληκτοι και χαρούμενοι με τα κέρδη του.

Mais ces beaux moments ne se reproduiront plus.

Αλλά αυτές οι όμορφες στιγμές δεν θα επαναληφθούν.

Ils commençaient tout juste à s'habituer à cette période faste.

Μόλις είχαν συνηθίσει αυτές τις καλές εποχές.

À chaque paie, la famille acceptait l'argent avec gratitude.

Κάθε μέρα πληρωμής η οικογένεια δεχόταν με ευγνωμοσύνη τα χρήματα.

Et Gregor était tout aussi heureux de remettre l'argent.

Και ο Γκρέγκορ ήταν εξίσου χαρούμενος που παρέδωσε τα χρήματα.

Mais la chaleureuse affection qu'elle suscitait en retour s'est peu à peu éteinte.

Αλλά η θερμή στοργή που δίνονταν σε αντάλλαγμα σιγά σιγά έσβησε.

Seule sa sœur restait aussi proche de Gregor qu'auparavant.

Μόνο η αδερφή του παρέμεινε τόσο κοντά στον Γκρέγκορ όσο και πριν.

Elle, contrairement à Gregor, avait une profonde appréciation pour la musique.

Αυτή, σε αντίθεση με τον Γκρέγκορ, είχε βαθιά εκτίμηση για τη μουσική.

Et elle savait jouer du violon d'une manière très touchante.

Και ήξερε πώς να παίζει βιολί πολύ συγκινητικά.

Gregor avait secrètement prévu de l'envoyer dans une école de musique.

Ο Γκρέγκορ σχεδίαζε κρυφά να την στείλει σε μουσική σχολή.

Il n'avait pas encore décidé comment il réglerait les dépenses.

Δεν είχε αποφασίσει ακόμα πώς θα πλήρωνε τα έξοδα.

Mais d'une manière ou d'une autre, il couvrirait les frais.

Αλλά με κάποιο τρόπο θα κάλυπτε τα έξοδα.

De temps en temps, Gregor et sa famille partaient en courts séjours.

Περιστασιακά, ο Γκρέγκορ και η οικογένειά του πήγαιναν σύντομα ταξίδια.

Gregor et sa sœur abordaient souvent ce sujet.

Ο Γκρέγκορ και η αδελφή έθεταν συχνά το θέμα.

Mais cela n'a jamais été évoqué que comme une idée merveilleuse.

Αλλά αναφέρθηκε μόνο ως μια υπέροχη ιδέα.

Ils ne croyaient pas vraiment que ce rêve puisse se réaliser.

Δεν πίστευαν πραγματικά ότι το όνειρο θα μπορούσε να πραγματοποιηθεί.

**Et les parents n'appréciaient pas de telles ambitions
fantaisistes.**

Και στους γονείς δεν άρεσαν τέτοιες φαντασιόπληκτες
φιλοδοξίες.

**Même lorsque le sujet a été abordé de manière tout à fait
innocente.**

Ακόμα και όταν το θέμα τέθηκε πολύ αθώα.

Mais Gregor continuait de penser à l'école de musique.

Αλλά ο Γκρέγκορ συνέχισε να σκέφτεται τη μουσική σχολή.

Et il prévoyait d'annoncer le cadeau la veille de Noël.

Και σχεδίαζε να ανακοινώσει το δώρο την παραμονή των
Χριστουγέννων.

Bien sûr, dans son état actuel, ce serait impossible.

Φυσικά, στην τωρινή του κατάσταση, κάτι τέτοιο θα ήταν
αδύνατο.

Mais ce genre de pensées lui traversait l'esprit.

Αλλά τέτοιου είδους σκέψεις περνούσαν από το μυαλό του.

**Et telles étaient les pensées qui lui traversaient l'esprit en
écoutant sa famille.**

Και έκανε τέτοιες σκέψεις καθώς άκουγε την οικογένεια.

Parfois, il était trop fatigué pour continuer à les écouter.

Κατά καιρούς κουραζόταν πολύ για να τους ακούει
συνέχεια.

Sa tête s'est affaissée contre la porte, rongée par la fatigue.

Το κεφάλι του έπεσε στην πόρτα από την κούρασή του.

Mais il appuya aussitôt de nouveau sa tête contre la porte.

Αλλά αμέσως ακούμπησε ξανά το κεφάλι του στην πόρτα.

Car même le moindre bruit s'entendait à l'extérieur.

Γιατί απ' έξω ακουγόταν και ο παραμικρός θόρυβος.

**Et le moindre bruit qu'il faisait plongeait la famille dans le
silence.**

Και κάθε θόρυβος που έκανε θα έκανε την οικογένεια να
σωπάσει.

« Que fait-il maintenant ? » demanda le père à sa famille.

«Τι κάνει τώρα;» ρώτησε ο πατέρας την οικογένεια.

Il alla à la porte pour vérifier d'où venait le bruit.

Και πήγε στην πόρτα για να δει τι ήταν ο θόρυβος.

Puis la conversation interrompue a repris progressivement.

Και μετά η διακεκομμένη συζήτηση συνεχίστηκε σταδιακά.

Mais les paroles du père ont agréablement surpris tout le monde.

Αλλά αυτά που είπε ο πατέρας εξέπληξαν τους πάντες.

Gregor apprit alors la véritable situation financière.

Ο Γκρέγκορ έμαθε τώρα την πραγματική κατάσταση των οικονομικών.

Malgré tous ces malheurs, il y a eu aussi un peu de chance.

Παρά όλες τις ατυχίες, υπήρξε και κάποια καλή τύχη.

Une petite fortune d'antan était encore là.

Μια πολύ μικρή περιουσία από τα παλιά χρόνια ήταν ακόμα εκεί.

Le père a expliqué les choses, mais a dû se répéter.

Ο πατέρας εξήγησε τα πράγματα, αλλά έπρεπε να τα επαναλάβει.

Parce qu'il ne s'était pas occupé de ces choses depuis un certain temps.

Επειδή δεν είχε ασχοληθεί με αυτά τα πράγματα για κάποιο διάστημα.

Et parce que la mère ne comprenait pas de telles choses.

Και επειδή η μητέρα δεν καταλάβαινε τέτοια πράγματα.

Les taux d'intérêt de la banque avaient légèrement augmenté.

Τα επιτόκια από τις τράπεζες είχαν αυξηθεί λίγο.

L'argent non utilisé avait augmenté plus que prévu.

Τα ανέγγιχτα χρήματα είχαν αυξηθεί περισσότερο από το αναμενόμενο.

De plus, Gregor leur avait toujours donné ses économies.

Επιπλέον, ο Γκρέγκορ τους έδινε πάντα τις οικονομίες του.

Il n'avait jamais gardé que quelques florins pour lui-même.

Είχε κρατήσει μόνο λίγα φιορίνια για τον εαυτό του.

Et son argent n'avait pas été entièrement dépensé.

Και τα χρήματά του δεν είχαν εξαντληθεί εντελώς.

Ensemble, ces sommes avaient constitué un petit capital.

Μαζί, αυτά τα χρήματα είχαν συσσωρευτεί σε ένα μικρό κεφάλαιο.

Gregor, derrière sa porte, hocha la tête avec enthousiasme à la nouvelle.

Ο Γκρέγκορ, πίσω από την πόρτα του, έγνεψε πρόθυμα προς τα νέα.

Il était ravi de cette prudence et de cette frugalité inattendues.

Ήταν ευχαριστημένος με αυτή την απροσδόκητη προσοχή και λιτότητα.

Les fonds excédentaires auraient pu servir à rembourser la dette.

Τα πλεονάζοντα κεφάλαια θα μπορούσαν να είχαν χρησιμοποιηθεί για την αποπληρωμή του χρέους.

Ils n'auraient alors plus rien dû au patron.

Τότε δεν θα χρωστούσαν πια τίποτα στο αφεντικό.

Et Gregor aurait pu changer d'emploi bien plus tôt.

Και ο Γκρέγκορ θα μπορούσε να είχε μετακομίσει σε μια νέα δουλειά πολύ νωρίτερα.

Mais la façon dont le père s'y était pris était bien meilleure maintenant.

Αλλά ο τρόπος που το κανόνισε ο πατέρας ήταν πολύ καλύτερος τώρα.

L'argent ne suffisait pas tout à fait pour vivre des intérêts.

Τα χρήματα δεν ήταν αρκετά για να ζήσει κανείς από τους τόκους.

Et il a fallu mettre de l'argent de côté pour les urgences.

Και έπρεπε να διατεθούν κάποια χρήματα για έκτακτες ανάγκες.

Cela n'aurait suffi que pour un an ou deux.

Θα ήταν αρκετά χρήματα μόνο για ένα ή δύο χρόνια.

Cela signifiait que quelqu'un devait gagner de l'argent pour qu'ils puissent vivre.

Αυτό σήμαινε ότι κάποιος έπρεπε να βγάζει χρήματα για να ζήσει.

Le père n'était pas malade et il était assez fort.

Ο πατέρας δεν ήταν άρρωστος, και ήταν αρκετά δυνατός.

Mais il était sans emploi depuis plus de cinq ans.

Αλλά ήταν άνεργος για περισσότερα από πέντε χρόνια.

Et, du fait de son âge, il lui restait peu de confiance en lui.

Και, λόγω της ηλικίας του, του είχε απομείνει ελάχιστη αυτοπεποίθηση.

Il avait également pris beaucoup de poids ces derniers temps.

Είχε επίσης πάρει πολλά κιλά τον τελευταίο καιρό.

Sa vie avait toujours été ardue et infructueuse.

Η ζωή του ήταν πάντα δύσκολη και ανεπιτυχής.

Et c'étaient les premières vacances qu'il ait jamais prises.

Και αυτές ήταν οι πρώτες διακοπές που είχε κάνει ποτέ.

Et, faute d'être occupé, il était devenu assez maladroit.

Και χωρίς να τον απασχολούν, είχε γίνει αρκετά αδέξιος.

Ne serait-il pas préférable que la vieille mère gagne l'argent ?

Θα ήταν καλύτερα αν η ηλικιωμένη μητέρα κέρδιζε τα χρήματα;

La vieille mère qui souffrait d'asthme.

Η ηλικιωμένη μητέρα που υπέφερε από άσθμα.

La vieille mère qui peinait à monter les escaliers.

Η ηλικιωμένη μητέρα που πάλευε να ανέβει τις σκάλες.

La vieille mère qui passait son temps allongée sur le canapé.

Η ηλικιωμένη μητέρα που περνούσε τον χρόνο της ξαπλωμένη στον καναπέ.

La vieille mère qui préférait rester près de la fenêtre.

Η ηλικιωμένη μητέρα που προτιμούσε να μένει δίπλα στο παράθυρο.

Pour qu'elle puisse reprendre son souffle quand elle en aurait besoin.

Για να μπορεί να παίρνει ανάσα όταν χρειάζεται.

Ne serait-il pas préférable que ce soit la jeune sœur qui gagne l'argent ?

Θα ήταν καλύτερα αν η νεαρή αδερφή κέρδιζε τα χρήματα;

La sœur, qui à dix-sept ans n'était encore qu'une enfant.

Η αδερφή, η οποία στα δεκαεπτά της χρόνια, ήταν ακόμα παιδί.

La sœur qui ne connaissait que quelques modestes plaisirs.

Η αδερφή που είχε μόνο λίγες, μικρές απολαύσεις.

La sœur qui aimait surtout jouer du violon.

Η αδελφή που απολάμβανε κυρίως να παίζει βιολί.

Elle savait que son mode de vie antérieur était très enviable ;

Ήξερε ότι ο προηγούμενος τρόπος ζωής της ήταν πολύ αξιοζήλευτος.

Bien s'habiller, faire la grasse matinée, aider à la maison.

Ντύνομαι ωραία, ξυπνάω αργά, βοηθάω στο σπίτι.

La conversation tournait souvent autour de la nécessité de gagner de l'argent.

Η συζήτηση συχνά στρεφόταν στην ανάγκη να κερδίσουν χρήματα.

Gregor était toujours le premier à lâcher la porte.

Ο Γκρέγκορ ήταν πάντα ο πρώτος που άφηνε την πόρτα.

Cette conversation l'avait rempli de honte et de chagrin.

Η συζήτηση τον έκανε να φουντώσει από ντροπή και θλίψη.

Il se laissa donc tomber sur le canapé en cuir qui refroidissait.

Έτσι, έπεσε πάνω στον δροσερό δερμάτινο καναπέ.

Et il passait souvent le reste de la nuit sur le canapé.

Και συχνά περνούσε το υπόλοιπο της νύχτας στον καναπέ.

Il ne dormait jamais vraiment sur le canapé, ni la nuit.

Δεν κοιμόταν ποτέ πραγματικά στον καναπέ, ούτε τη νύχτα.

Souvent, il se contentait de gratter le cuir pendant des heures.

Συχνά απλώς έξυνε το δέρμα για ώρες ασταμάτητα.

D'autres fois, il poussait le fauteuil jusqu'à la fenêtre.

Άλλες φορές έσπρωχνε την πολυθρόνα στο παράθυρο.

Cela a nécessité à lui seul beaucoup d'efforts de sa part.

Αυτό και μόνο απαιτούσε μεγάλη προσπάθεια εκ μέρους του.

Le fauteuil l'a aidé à ramper jusqu'au rebord de la fenêtre.

Η πολυθρόνα τον βοήθησε να συρθεί στο περβάζι του παραθύρου.

Et de là, il put s'appuyer contre la fenêtre.

Και από εκεί μπόρεσε να ακουμπήσει στο παράθυρο.

Il éprouvait un grand sentiment de liberté en faisant cela.

Ένιωθε μια μεγάλη αίσθηση ελευθερίας κάνοντας αυτό.

Peut-être recherchait-il une sensation de liberté d'antan.

Ίσως έψαχνε για κάποιο παλιό, απελευθερωτικό συναίσθημα.

Mais sa vue n'était plus aussi perçante qu'avant.

Αλλά η όρασή του δεν ήταν τόσο οξεία όσο ήταν παλιά.

Les objets situés à une certaine distance étaient flous et indistincts.

Τα πράγματα σε μικρή απόσταση ήταν θολά και δυσδιάκριτα.

Il ne pouvait plus voir l'hôpital de l'autre côté de la rue.

Δεν μπορούσε πλέον να δει το νοσοκομείο απέναντι από το δρόμο.

Avant, il maudissait le paysage, maintenant il voulait le voir.

Πριν καταραστεί τη θέα, τώρα ήθελε να τη δει.

Il savait qu'il habitait dans la paisible Charlottenstrasse, en pleine ville.

Ήξερε ότι ζούσε στην ήσυχη, αστική οδό Σαρλότενστρασε.

Mais il a peut-être cru qu'il regardait vers le désert.

Αλλά μπορεί να νόμιζε ότι κοίταζε στην έρημο.

Un désert où le ciel gris et la terre grise se confondaient.

Μια ερημιά όπου ο γκρίζος ουρανός και η γκρίζα γη σμίγουν.

La sœur attentive remarqua à deux reprises que la chaise avait bougé.

Δύο φορές η προσεκτική αδελφή παρατήρησε ότι η καρέκλα είχε μετακινηθεί.

Après avoir rangé, elle a repoussé la chaise vers la fenêtre.

Αφού τακτοποίησε, έσπρωξε την καρέκλα πίσω στο παράθυρο.

Et désormais, elle laissait même la fenêtre ouverte.

Και από τώρα και στο εξής άφηνε ακόμη και το περβάζι του παραθύρου ανοιχτό.

Gregor aurait vraiment souhaité pouvoir parler à sa sœur.

Ο Γκρέγκορ εύχεται πραγματικά να μπορούσε να μιλήσει στην αδερφή του.

Il voulait la remercier pour tout ce qu'elle avait fait pour lui.

Ήθελε να την ευχαριστήσει για όλα όσα έκανε για εκείνον.

Il aurait alors plus facilement toléré leurs services.

Τότε θα ανεχόταν τις υπηρεσίες τους πιο εύκολα.

Mais en l'état actuel des choses, il souffrait de son aide.

Αλλά όπως ήρθαν τα πράγματα, υπέφερε επειδή τον βοηθούσε.

La sœur, bien sûr, a tenté de dissimuler la gêne.

Η αδερφή, φυσικά, προσπάθησε να θολώσει την αμηχανία.

Et elle faisait de son mieux pour feindre de ne pas se sentir accablée.

Και έκανε ό,τι μπορούσε για να προσποιηθεί ότι δεν ένιωθε βάρος.

Bien sûr, c'est quelque chose qu'elle devait d'abord pratiquer.

Φυσικά, αυτό ήταν κάτι που έπρεπε πρώτα να εξασκήσει.

Et plus le temps passait, plus elle devenait douée.

Και όσο περισσότερος καιρός περνούσε, τόσο καλύτερη γινόταν σε αυτό.

Mais Gregor eut également plus de temps pour constater sa supercherie.

Αλλά στον Γκρέγκορ δόθηκε επίσης περισσότερος χρόνος για να δει την προσποίηση της.

Même son entrée dans sa chambre était une épreuve pour lui.

Ακόμα και η είσοδός της στο δωμάτιό του ήταν μια δοκιμασία γι' αυτόν.

Dès qu'elle est entrée, elle a couru directement vers la fenêtre.

Μόλις μπήκε μέσα, έτρεξε κατευθείαν στο παράθυρο.

Elle n'a même pas pris le temps de fermer la porte.

Δεν αφιέρωσε καν χρόνο για να κλείσει την πόρτα.

Normalement, elle épargnait à tout le monde la vue de la chambre de Gregor.

Κανονικά, γλίτωνε τους πάντες από τη θέα του δωματίου του Γκρέγκορ.

Et elle ouvrit brusquement la fenêtre d'un geste rapide.

Και άνοιξε απότομα το παράθυρο με βιαστικά χέρια.

Puis elle reprit sa respiration comme si elle avait suffoqué.

Έπειτα ανέπνευσε ξανά σαν να την είχαν πνιγεί.

L'air qui entrait était froid, et elle respira profondément.

Ο αέρας που έμπαινε ήταν κρύος και ανέπνεε βαθιά.

Mais elle resta néanmoins un moment près de la fenêtre.

Παρ' όλα αυτά, έμεινε για λίγο στο παράθυρο.

Elle effrayait Gregor deux fois par jour avec ce rituel.

Τρόμαζε τον Γκρέγκορ δύο φορές την ημέρα με αυτή τη ρουτίνα.

Pendant qu'elle était dans la pièce, il tremblait sous le canapé.

Ενώ εκείνη ήταν στο δωμάτιο, εκείνος έτρεμε κάτω από τον καναπέ.

Il savait qu'elle aurait aimé lui épargner cette épreuve.

Ήξερε ότι θα ήθελε να τον γλιτώσει από τη δοκιμασία.

Mais elle ne pouvait pas rester dans la pièce avec la fenêtre fermée.

Αλλά δεν μπορούσε να βρίσκεται στο δωμάτιο με κλειστό το παράθυρο.

Il y a eu une fois où elle est arrivée un peu plus tôt.

Υπήρξε μια φορά που ήρθε λίγο νωρίτερα.

Probablement environ un mois après la transformation de Gregor.

Πιθανώς περίπου ένα μήνα μετά τη μεταμόρφωση του Γκρέγκορ.

Elle s'était plus ou moins habituée à sa nouvelle apparence.

Είχε κάπως συνηθίσει τη νέα του εμφάνιση.

Elle n'avait donc plus aucune raison d'être particulièrement choquée.

Έτσι δεν είχε πλέον κανένα λόγο να είναι ιδιαίτερα σοκαρισμένη.

Elle le trouva toujours immobile, le regard fixé par la fenêtre.

Τον βρήκε ακόμα να κοιτάζει έξω από το παράθυρο, ακίνητος.

Il se trouvait dans le pire endroit où il aurait pu être.

Βρισκόταν στο πιο φρικτό μέρος που θα μπορούσε να βρίσκεται.

Il n'aurait pas été surpris si elle n'était pas entrée.

Δεν θα είχε εκπλαγεί αν δεν είχε μπει μέσα.

Il l'empêcha d'ouvrir la fenêtre.

Όπου την εμπόδισε να ανοίξει το παράθυρο.

Elle quitta rapidement la pièce et ferma la porte.

Βγήκε γρήγορα ξανά από το δωμάτιο και έκλεισε την πόρτα.

Un étranger aurait pu tirer toutes sortes de conclusions.

Ένας ξένος θα μπορούσε να είχε καταλήξει σε κάθε είδους συμπεράσματα.

Peut-être attendait-il simplement l'occasion de la mordre.

Ίσως απλώς περίμενε την ευκαιρία να τη δαγκώσει.

Gregor, bien sûr, s'est immédiatement caché sous le canapé.

Ο Γκρέγκορ, φυσικά, κρύφτηκε αμέσως κάτω από τον καναπέ.

Mais il dut attendre midi pour que sa sœur revienne.

Αλλά έπρεπε να περιμένει μέχρι το μεσημέρι για να επιστρέψει η αδερφή του.

Et elle semblait beaucoup plus agitée que d'habitude.

Και φαινόταν πολύ πιο ανήσυχη από τον συνηθισμένο της εαυτό.

Il réalisa que sa vue lui était encore insupportable.

Συνειδητοποίησε ότι η θέα του ήταν ακόμα αφόρητη.

Sa vue allait lui rester insupportable.

Η θέα του θα της παρέμενε αφόρητη.

Elle ne pouvait probablement pas supporter de le voir, même partiellement.

Πιθανότατα δεν θα άντεχε να δει κανένα κομμάτι του.

Une petite partie dépassait toujours de sous le canapé.

Ένα μικρό μέρος προεξείχε πάντα κάτω από τον καναπέ.

Un jour, il transporta un drap sur son dos jusqu'au canapé.

Μια μέρα κουβαλούσε ένα σεντόνι στην πλάτη του στον καναπέ.

Il voulait lui épargner de voir quoi que ce soit de lui.

Ήθελε να την γλιτώσει από το να δει οποιοδήποτε μέρος του εαυτού του.

Il arrangea le drap de façon à ce qu'il soit entièrement caché.

Τακτοποίησε το σεντόνι έτσι ώστε να κρυφτεί ολόκληρος.

Même si elle se baissait, elle ne pourrait pas le voir.

Ακόμα κι αν έσκυβε, δεν θα μπορούσε να τον δει.

L'opération a pris à Gregor plus de trois heures.

Όλη η προσπάθεια πήρε στον Γκρέγκορ περισσότερες από τρεις ώρες.

Elle a peut-être pensé que le drap était inutile.

Μπορεί να πίστευε ότι το σεντόνι ήταν περιττό.

Elle aurait su qu'il ne voulait pas du drap.

Θα ήξερε ότι δεν ήθελε το σεντόνι.

Il le faisait pour son confort, et non pour lui-même.

Το έκανε για την άνεσή της, όχι για τον εαυτό του.

Et elle aurait pu enlever le drap si elle l'avait voulu.

Και θα μπορούσε να είχε αφαιρέσει το σεντόνι αν ήθελε.

Mais elle laissa le drap là où Gregor l'avait mis.

Αλλά άφησε το σεντόνι εκεί που το είχε βάλει ο Γκρέγκορ.

Et Gregor crut même avoir aperçu un regard reconnaissant.

Και ο Γκρέγκορ νόμιζε μάλιστα ότι τον είχε δει με ένα ευγνωμοσύνη.

Il avait doucement soulevé le drap avec sa tête.

Είχε σηκώσει απαλά το σεντόνι με το κεφάλι του.

Il voulait savoir si sa sœur appréciait cet arrangement.

Ήθελε να δει αν άρεσε η συμφωνία στην αδερφή του.

Les deux premières semaines ont été les plus difficiles pour les parents.

Οι πρώτες δύο εβδομάδες ήταν οι πιο δύσκολες για τους γονείς.

Ils n'ont pas eu le courage d'entrer et de le voir.

Δεν μπορούσαν να τολμήσουν να έρθουν μέσα και να τον δουν.

Il a surpris plusieurs de leurs conversations à cette époque.

Άκουσε πολλές από τις συνομιλίες τους εκείνη την εποχή.

Ils ont pleinement reconnu tout ce que faisait la sœur.

Αναγνώριζαν πλήρως όλα όσα έκανε η αδελφή.

Même s'ils étaient souvent agacés par elle.

Ακόμα κι αν παλιά συχνά ενοχλούνταν μαζί της.

Parce qu'elle semblait être une fille un peu inutile.

Επειδή της φαινόταν κάπως άχρηστο κορίτσι.

C'étaient maintenant eux qui attendaient de l'autre côté de la pièce.

Τώρα ήταν αυτοί που περίμεναν στην άλλη άκρη του δωματίου.

Et c'est elle qui est entrée dans la pièce pour tout faire.

Και ήταν αυτή που μπήκε στο δωμάτιο για να κάνει τα πάντα.

Dès qu'elle est sortie, ils ont voulu tout savoir.

Μόλις βγήκε έξω, ήθελαν να μάθουν τα πάντα.

Elle a dû leur décrire précisément l'aspect de la pièce.

Έπρεπε να τους πει ακριβώς πώς ήταν το δωμάτιο.

« Qu'est-ce que Gregor a mangé ? Comment s'est-il comporté cette fois-ci ? »

«Τι έφαγε ο Γκρέγκορ; Πώς συμπεριφέρθηκε αυτή τη φορά;»

«Y avait-il peut-être une légère amélioration à constater ?»

«Υπήρξε ίσως κάποια μικρή βελτίωση που πρέπει να παρατηρηθεί;»

La mère, d'ailleurs, était en réalité plus courageuse.

Η μητέρα, παρεμπιπτόντως, ήταν στην πραγματικότητα πιο θαρραλέα.

Et bien sûr, c'était son propre fils qui se trouvait dans la pièce.

Και φυσικά ήταν ο δικός της γιος μέσα στο δωμάτιο.

Elle souhaitait en fait rendre visite à Gregor assez rapidement.

Στην πραγματικότητα ήθελε να επισκεφτεί τον Γκρέγκορ σχετικά σύντομα.

Mais au départ, son père et sa sœur l'ont retenue.

Αλλά ο πατέρας και η αδερφή αρχικά την κράτησαν πίσω.

Ils ont avancé des arguments très rationnels pour qu'elle n'y aille pas.

Έφεραν πολύ λογικά επιχειρήματα για να μην πάει.

Gregor écouta très attentivement leur raisonnement.

Ο Γκρέγκορ άκουγε πολύ προσεκτικά τη συλλογιστική τους.

Et il acceptait ce raisonnement autant que sa mère.

Και αποδέχτηκε το σκεπτικό όσο και η μητέρα του.

Plus tard, cependant, il a fallu la retenir par la force.

Αργότερα, ωστόσο, έπρεπε να συγκρατηθεί με τη βία.

«Laissez-moi entrer voir Gregor, c'est mon malheureux fils !»

«Άσε με να μπω στον Γκρέγκορ, είναι ο άτυχος γιος μου!»

« Tu ne comprends pas que je dois aller le voir ? »

«Δεν καταλαβαίνεις ότι πρέπει να πάω να τον δω;»

Gregor fut également convaincu par les arguments de sa mère.

Ο Γκρέγκορ πείστηκε επίσης από τα επιχειρήματα της μητέρας του.

Peut-être avait-elle raison ; ce serait bien qu'elle vienne.

Ίσως είχε δίκιο· θα ήταν καλό αν έμπαινε.

Le voir tous les jours serait beaucoup trop lourd.

Το να τον κοιτάζω κάθε μέρα θα ήταν υπερβολικό.

Mais le voir une fois par semaine suffirait peut-être.

Αλλά το να τον βλέπεις ίσως μία φορά την εβδομάδα μπορεί να είναι αρκετό.

Elle pourrait comprendre les choses bien mieux que sa sœur.

Μπορεί να καταλαβαίνει τα πράγματα πολύ καλύτερα από την αδερφή.

Malgré tout son courage, elle n'était encore qu'une enfant.

Παρά το θάρρος της, ήταν ακόμα ένα παιδί.

Peut-être une insouciance enfantine l'a-t-elle poussée à entreprendre cette tâche.

Ίσως η παιδική απερισκεψία την έκανε να αναλάβει το έργο.

Mais le souhait de Gregor de revoir sa mère se réalisa bientôt.

Αλλά η επιθυμία του Γκρέγκορ να δει τη μητέρα του σύντομα έγινε πραγματικότητα.

Durant la journée, Gregor se tenait à l'écart de la fenêtre.

Κατά τη διάρκεια της ημέρας ο Γκρέγκορ κρατιόταν μακριά από το παράθυρο.

Il a agi ainsi par égard pour ses parents.

Αυτό το έκανε από σεβασμό προς τους γονείς του.

Il n'avait pas beaucoup de place pour ramper sur le sol.

Δεν είχε πολύ χώρο να σέρνεται στο πάτωμα.

Il avait du mal à rester immobile pendant la nuit.

Δυσκολευόταν να μείνει ακίνητος κατά τη διάρκεια της νύχτας.

Manger ne lui procurait plus le moindre plaisir.

Το φαγητό δεν του έδινε πια την παραμικρή ευχαρίστηση.

Bien sûr, il devait trouver un moyen de se distraire.

Φυσικά, έπρεπε να βρει κάποιον τρόπο να αποσπάσει την προσοχή του.

Pour se divertir, il grimpait et descendait les murs.

Για να ψυχαγωγηθεί, σύρθηκε πάνω κάτω στους τοίχους.

Et il rampait aussi le long du plafond, la tête en bas.

Και σύρθηκε επίσης κατά μήκος του ταβανιού, ανάποδα.

Il était particulièrement heureux lorsqu'il était suspendu au plafond.

Ήταν ιδιαίτερα χαρούμενος όταν κρεμόταν από το ταβάνι.

C'était complètement différent de s'allonger par terre.

Ήταν εντελώς διαφορετικό από το να είσαι ξαπλωμένος στο πάτωμα.

Il trouvait qu'il respirait beaucoup plus facilement dans cette position.

Βρήκε πολύ πιο εύκολο να αναπνεύσει σε αυτή τη θέση.

Une légère mais agréable vibration parcourut son corps.

Μια ελαφριά αλλά ευχάριστη δόνηση διαπέρασε το σώμα του.

Parfois, il se laissait même trop aller à son bonheur.

Μερικές φορές μάλιστα χαλάρωνε υπερβολικά μέσα στην ευτυχία του.

Il lui arrivait d'être distrait et de lâcher prise du plafond.

Μερικές φορές αποσπόταν η προσοχή του και άφηνε το ταβάνι.

Et à sa propre surprise, il atterrit de nouveau sur le sol.

Και προς έκπληξή του προσγειώθηκε ξανά στο έδαφος.
Mais il maîtrisait bien mieux son corps qu'auparavant.
Αλλά είχε πολύ καλύτερο έλεγχο του σώματός του από πριν.
Ainsi, il ne se blessait plus lors de chutes aussi importantes.
Έτσι δεν τραυματίστηκε από τόσο μεγάλες πτώσεις τώρα.
Sa sœur remarqua immédiatement le nouveau plaisir de Gregor.
Η αδερφή παρατήρησε αμέσως τη νέα ευχαρίστηση του Γκρέγκορ.
Et on retrouvait des traces de colle là où il avait rampé.
Και υπήρχαν ίχνη κόλλας στα σημεία που είχε σέρνεται.
Là encore, la sœur pensa au bien-être de Gregor.
Εδώ πάλι η αδελφή σκέφτηκε την υγεία του Γκρέγκορ.
Il apprécierait peut-être d'avoir plus d'espace pour ramper.
Ίσως θα εκτιμούσε περισσότερο χώρο για να σέρνεται τριγύρω.
Et l'idée s'est fermement ancrée dans son esprit.
Και η ιδέα εδραιώθηκε βαθιά στο κεφάλι της.
Certains meubles volumineux entravaient sa liberté de mouvement.
Μερικά από τα μεγάλα έπιπλα εμπόδιζαν την ελεύθερη κίνησή του.
Il ne travaillait plus, il n'avait donc plus besoin du bureau.
Δεν δούλευε πια, οπότε δεν είχε ανάγκη το γραφείο.
Et la boîte prenait plus de place que nécessaire. ***
Και το κουτί έπιανε περισσότερο χώρο από όσο χρειαζόταν. ***
La sœur n'était pas en mesure de déplacer ces choses seule.
Η αδελφή δεν μπορούσε να μετακινήσει αυτά τα πράγματα μόνη της.
Bien sûr, elle n'osait pas demander de l'aide à son père.
Φυσικά δεν τόλμησε να ζητήσει βοήθεια από τον πατέρα.
La bonne ne l'aurait certainement pas aidée non plus.
Ούτε η υπηρέτρια θα την είχε βοηθήσει σίγουρα.
La nouvelle femme de ménage était en réalité un an plus jeune qu'elle.

Η καινούρια υπηρέτρια ήταν στην πραγματικότητα ένα χρόνο νεότερη από αυτήν.

Elle avait courageusement endossé le rôle de l'ancienne bonne.

Είχε αναλάβει με θάρρος τους ρόλους της πρώην υπηρέτριας.

Mais il y avait un privilège auquel elle tenait absolument.

Υπήρχε όμως ένα προνόμιο που επέμενε να έχει.

Elle voulait que la cuisine reste verrouillée en permanence.

Ήθελε να κρατάει την κουζίνα κλειδωμένη ανά πάσα στιγμή.

La sœur n'avait donc pas d'autre choix que de demander à sa mère.

Έτσι, η αδερφή δεν είχε άλλη επιλογή από το να ρωτήσει τη μητέρα της.

La mère est venue à son secours en poussant des cris de joie.

Με κραυγές χαράς και ενθουσιασμού η μητέρα ήρθε να βοηθήσει.

Mais elle se tut devant la porte de la chambre de Gregor.

Αλλά σώπασε στην πόρτα του δωματίου του Γκρέγκορ.

La sœur a vérifié que tout était en ordre dans la chambre.

Η αδελφή έλεγξε αν όλα στο δωμάτιο ήταν καλά.

Gregor avait tiré précipitamment encore plus fort sur le drap.

Ο Γκρέγκορ είχε τραβήξει βιαστικά το σεντόνι ακόμα πιο σφιχτά.

Bien que le drap-housse paraisse encore disposé au hasard.

Αν και το σεντόνι φαινόταν ακόμα τυχαία τοποθετημένο.

Et ce n'est qu'alors qu'elle laissa sa mère entrer dans la pièce.

Και μόνο τότε άφησε τη μητέρα της να μπει στο δωμάτιο.

Gregor s'abstint également d'espionner sous le drap.

Ο Γκρέγκορ απέφυγε επίσης να κατασκοπεύει κάτω από το σεντόνι.

Il a décidé de ne pas voir sa mère cette fois-ci.

Αποφάσισε να μην δει τη μητέρα του αυτή τη φορά.

Gregor était déjà content qu'elle soit venue.

Ο Γκρέγκορ ήταν αρκετά χαρούμενος που είχε μπει καν μέσα.

«Entrez, vous ne pouvez pas le voir», dit la sœur.

«Έλα μέσα, δεν μπορείς να τον δεις», είπε η αδερφή.

Gregor supposa qu'elle tenait sa mère par la main.

Ο Γκρέγκορ υπέθεσε ότι οδηγούσε τη μητέρα της από το χέρι.

Puis il entendit les deux femmes, faibles, déplacer les meubles.

Τότε άκουσε τις δύο αδύναμες γυναίκες να μετακινούν τα έπιπλα.

La sœur semblait s'attribuer la majeure partie du travail.

Η αδελφή φαινόταν να αναλαμβάνει το μεγαλύτερο μέρος της δουλειάς για τον εαυτό της.

Sa mère craignait qu'elle ne s'épuise.

Η μητέρα της φοβόταν ότι θα καταπονούνταν υπερβολικά.

Mais la sœur n'a prêté aucune attention à ces avertissements.

Αλλά η αδελφή δεν έδωσε σημασία σε αυτές τις προειδοποιήσεις.

Mais même après quinze minutes, les progrès étaient très lents.

Αλλά ακόμη και μετά από δεκαπέντε λεπτά η πρόοδος ήταν πολύ αργή.

Ils n'avaient pas réussi à déplacer les meubles très loin.

Δεν είχαν καταφέρει να μετακινήσουν τα έπιπλα πολύ μακριά.

Ils commençaient lentement à ressentir un sentiment de défaite.

Άρχισαν σιγά σιγά να νιώθουν μια αίσθηση ήττας.

La mère fut la première à reconnaître l'inutilité de la démarche.

Η μητέρα ήταν η πρώτη που παραδέχτηκε τη ματαιότητα.

« Il vaudrait peut-être mieux laisser la boîte ici. »

«Ίσως θα ήταν καλύτερα να αφήσουμε το κουτί εδώ.»

« Le carton est trop lourd pour que nous puissions le déplacer plus loin. »

«Το κουτί είναι πολύ βαρύ για να προχωρήσουμε πολύ πιο μακριά.»

« Et nous n'aurons pas terminé avant l'arrivée de votre père. »

«Και δεν θα τελειώσουμε πριν φτάσει ο πατέρας σου.»

« Laisser la boîte ici lui barrerait encore plus le passage. »

«Αν άφηνε το κουτί εδώ, θα του έκλεινε το δρόμο ακόμα περισσότερο.»

« Et pouvons-nous être sûrs de lui rendre service ? »

«Και μπορούμε να είμαστε σίγουροι ότι του κάνουμε χάρη;»

Ils commencèrent à penser que le contraire pourrait bien être vrai.

Άρχισαν να πιστεύουν ότι ίσως να ισχύει και το αντίθετο.

La vue du mur vide lui pesait lourdement sur le cœur.

Η θέα του άδειου τοίχου βάραινε την καρδιά της.

Qui nous dit que Gregor ne ressentirait pas la même chose ?

Τι να πεις ότι και ο Γκρέγκορ δεν θα ένιωθε έτσι;

«Il est déjà habitué aux meubles de sa chambre.»

«Έχει ήδη συνηθίσει τα έπιπλα στο δωμάτιό του.»

«Il pourrait se sentir encore plus abandonné dans une pièce vide.»

«Μπορεί να νιώθει ακόμη πιο εγκαταλελειμμένος σε ένα άδειο δωμάτιο.»

À ce moment-là, sa voix s'était presque réduite à un murmure.

Μέχρι τώρα η φωνή της είχε σχεδόν χαμηλώσει σε ψίθυρο.

Elle ignorait en réalité où se trouvait exactement Gregor.

Δεν ήξερε στην πραγματικότητα πού ακριβώς βρισκόταν ο Γκρέγκορ.

Elle ne voulait même pas qu'il entende sa voix.

Δεν ήθελε καν να ακούσει τη φωνή της.

Bien qu'elle fût certaine qu'il ne la comprenait pas.

Αν και ήταν σίγουρη ότι δεν την καταλάβαινε.

« N'aurait-on pas l'impression de l'avoir complètement abandonné ? »

«Δεν θα μας φαινόταν σαν να τον έχουμε εγκαταλείψει εντελώς;»

«N'aura-t-il pas l'impression qu'on le laisse se débrouiller seul ?»

«Δεν θα νιώσει ότι τον αφήνουμε να τα βγάλει πέρα μόνος του;»

«Nous devrions laisser la pièce exactement comme elle était.»

«Πρέπει να φύγουμε από το δωμάτιο ακριβώς όπως ήταν.»

« Gregor finira par nous revenir comme avant. »

«Τελικά ο Γκρέγκορ θα επιστρέψει σε εμάς όπως ήταν.»

«Alors il constatera que tout est encore à sa place.»

«Τότε θα διαπιστώσει ότι όλα είναι ακόμα στη θέση τους.»

« Et il oubliera beaucoup plus facilement la période intermédiaire. »

«Και θα ξεχάσει την ενδιάμεση περίοδο πολύ πιο εύκολα.»

En entendant ces mots, Gregor réalisa quelque chose.

Όταν ο Γκρέγκορ άκουσε αυτά τα λόγια, συνειδητοποίησε κάτι.

Son esprit était devenu confus au cours des deux derniers mois.

Το μυαλό του είχε μπερδευτεί τους τελευταίους δύο μήνες.

Le manque d'interactions humaines ne lui avait pas fait de bien.

Η έλλειψη ανθρώπινης αλληλεπίδρασης δεν του είχε κάνει καλό.

Il avait vraiment besoin de la vie monotone au sein de sa famille.

Είχε πραγματικά ανάγκη τη μονότονη ζωή ανάμεσα στην οικογένειά του.

Pourquoi aurait-il formulé une demande aussi absurde autrement ?

Γιατί αλλιώς θα έκανε μια τόσο παράλογη απαίτηση;

Quel sens pouvait-il y avoir à vider sa chambre ?

Τι νόημα θα είχε να αδειάσει το δωμάτιό του;

La chambre confortable est meublée de meubles hérités.

Το άνετο δωμάτιο είναι επιπλωμένο με κληρονομημένα έπιπλα.

Pourquoi voudrait-il transformer cette chaleur familière en une grotte ?

Γιατί να θέλει να μετατρέψει αυτή τη γνωστή ζέστη σε σπηλιά;

Une grotte où il pouvait ramper en toute tranquillité dans toutes les directions.

Μια σπηλιά όπου θα μπορούσε να σέρνεται προς όλες τις κατευθύνσεις με την ησυχία του.

Mais une grotte où il oublia rapidement son passé humain.

Αλλά μια σπηλιά στην οποία ξέχασε γρήγορα το ανθρώπινο παρελθόν του.

Il se demandait s'il était déjà sur le point d'oublier.

Έπρεπε να αναρωτηθεί αν ήταν ήδη κοντά στο να ξεχάσει.

La voix de sa mère l'avait secoué et lui avait fait se souvenir.

Η φωνή της μητέρας του τον είχε συγκινήσει και τον είχε κάνει να θυμηθεί.

La voix qu'il n'avait pas entendue depuis si longtemps.

Η φωνή που δεν είχε ακούσει για τόσο καιρό.

Il ne fallait rien enlever ; tout devait rester.

Τίποτα δεν έπρεπε να αφαιρεθεί, όλα έπρεπε να μείνουν.

Le mobilier a eu un effet positif sur son état.

Τα έπιπλα επηρέασαν θετικά την κατάστασή του.

Et il ne pouvait pas s'en sortir sans ce lien avec le passé.

Και δεν θα μπορούσε να τα καταφέρει χωρίς αυτή την άγκυρα στο παρελθόν.

Les meubles l'empêchaient de ramper sans but.

Τα έπιπλα τον εμπόδιζαν να σέρνεται άτσαλα τριγύρω.

Mais ce n'était pas une perte ; c'était au contraire un grand avantage.

Αλλά αυτό δεν ήταν απώλεια· αντιθέτως, ήταν ένα μεγάλο πλεονέκτημα.

Malheureusement, sa sœur avait un avis très différent.

Δυστυχώς, η αδελφή είχε πολύ διαφορετική γνώμη.

Elle était en quelque sorte devenue la porte-parole de Gregor.

Είχε γίνει κάπως εκπρόσωπος του Γκρέγκορ.

Bien sûr, son opinion n'était pas totalement injustifiée.

Φυσικά, η γνώμη της δεν ήταν εντελώς αδικαιολόγητη.

Mais l'opinion de sa mère devait être contredite ici.

Αλλά η γνώμη της μητέρας της έπρεπε να αντικρουστεί εδώ.

Il ne s'agissait plus seulement d'enlever la boîte.

Δεν ήταν μόνο το κουτί που έπρεπε τώρα να αφαιρεθεί.

Son bureau et son armoire ne pouvaient pas rester en place non plus.

Ούτε το γραφείο του ούτε η ντουλάπα μπορούσαν να μείνουν.

La seule chose indispensable était le canapé.

Το μόνο απαραίτητο ήταν ο καναπές.

Elle n'a pas pris cette décision par simple rébellion enfantine.

Δεν το αποφάσισε αυτό απλώς από παιδική ανυπακοή.

Ce n'était pas non plus sa confiance en soi récemment acquise.

Δεν ήταν ούτε η πρόσφατα αποκτημένη αυτοπεποίθησή της.

La nouvelle confiance qu'elle avait acquise lui a permis de travailler si dur pour gagner.

Τη νέα αυτοπεποίθηση που έπρεπε να δουλέψει τόσο σκληρά για να κερδίσει.

Même si personne ne s'attendait à ce qu'elle y parvienne.

Ακόμα κι αν κανείς δεν περίμενε ότι θα τα κατάφερνε.

Gregor avait vraiment besoin de beaucoup d'espace pour ramper.

Ο Γκρέγκορ χρειαζόταν πραγματικά πολύ χώρο για να μπουσουλήσει.

Le mobilier ne faisait que réduire l'espace dont il disposait.

Τα έπιπλα περιόριζαν μόνο τον διαθέσιμο χώρο που είχε.

Elle était capable de mieux voir ces choses que sa mère.

Ήταν σε θέση να δει αυτά τα πράγματα καλύτερα από τη μητέρα.

Mais peut-être que son esprit romantique a aussi joué un rôle.

Αλλά ίσως και το ρομαντικό της πνεύμα έπαιξε κάποιο ρόλο.

Les filles de cet âge acquièrent souvent un certain enthousiasme.

Τα κορίτσια αυτής της ηλικίας συχνά αποκτούν έναν συγκεκριμένο ενθουσιασμό.

Et ils éprouvent le besoin d'obtenir ce qu'ils veulent chaque fois qu'ils le peuvent.

Και νιώθουν την ανάγκη να πετύχουν το δικό τους όποτε μπορούν.

C'est peut-être pour cela qu'elle voulait le saboter en secret.

Ίσως αυτός να ήταν ο λόγος που ήθελε να τον σαμποτάρει κρυφά.

Il est encore plus terrifiant lorsqu'il rampe sur les murs.

Είναι ακόμη πιο τρομακτικός όταν σέρνεται στους τοίχους.

Les parents n'osaient plus entrer dans la pièce.

Οι γονείς δεν τολμούσαν πλέον να μπουν στο δωμάτιο.

Elle serait véritablement la seule à prendre soin de son frère.

Θα ήταν πραγματικά η μοναδική φροντίστρια του αδελφού της.

Elle ne laissa pas sa mère la persuader du contraire.

Δεν άφησε τη μητέρα της να την πείσει για το αντίθετο.

La mère de Gregor se sentait déjà mal à l'aise dans la pièce.

Η μητέρα του Γκρέγκορ ένιωθε ήδη άβολα στο δωμάτιο.

Elle cessa bientôt de parler et aida de nouveau sa fille.

Σύντομα σταμάτησε να μιλάει και βοήθησε ξανά την κόρη της.

Avec leurs forces restantes, ils ont enlevé l'armoire.

Με τις δυνάμεις που τους είχαν απομείνει, αφαίρεσαν την ντουλάπα.

La commode, il pouvait s'en passer.

Η συρταριέρα ήταν κάτι που δεν μπορούσε να κάνει και χωρίς αυτήν.

Mais le bureau allait devoir rester en place pour le moment.

Αλλά το γραφείο έπρεπε να παραμείνει προς το παρόν.

Pendant l'absence des femmes, il tenta d'évaluer la pièce.

Ενώ οι γυναίκες έλειπαν, προσπάθησε να αξιολογήσει το δωμάτιο.

Et Gregor passa la tête sous le canapé.

Και ο Γκρέγκορ έβγαλε το κεφάλι του κάτω από τον καναπέ.

Il devait voir ce qu'il pouvait faire face à la situation.

Έπρεπε να δει τι μπορούσε να κάνει για την κατάσταση.

Mais il a été aussi prudent et attentionné que possible.

Αλλά ήταν όσο το δυνατόν πιο προσεκτικός και διακριτικός.

Malheureusement, c'est la mère qui est revenue la première.

Δυστυχώς, η μητέρα ήταν αυτή που επέστρεψε πρώτη.

Grete était encore en train de déplacer l'armoire dans la pièce voisine.

Η Γκρέτε συνέχιζε να μετακινεί την ντουλάπα στο διπλανό δωμάτιο.

Mais la mère n'était pas habituée à la vue de Gregor.

Αλλά η μητέρα δεν ήταν συνηθισμένη στη θέα του Γκρέγκορ.

Un simple aperçu de lui aurait pu la rendre malade.

Ακόμα και μια απλή ματιά του θα μπορούσε να την είχε αρρωστήσει.

Gregor recula précipitamment jusqu'à l'autre bout du canapé.

Ο Γκρέγκορ έσπευσε προς τα πίσω στην άκρη του καναπέ.

Mais il ne pouvait pas reculer et maintenir le drap en équilibre.

Αλλά δεν μπορούσε να κουνηθεί πίσω και να ισορροπήσει το σεντόνι.

Ce mouvement suffit à attirer l'attention de la mère.

Η κίνηση ήταν αρκετή για να τραβήξει την προσοχή της μητέρας.

Elle marqua une pause et resta immobile un bref instant.

Σταμάτησε για μια σύντομη στιγμή και έμεινε εντελώς ακίνητη.

Puis elle se retourna et sortit de la pièce.

Έπειτα γύρισε και βγήκε ξανά από το δωμάτιο.

Gregor se répétait sans cesse que rien d'inhabituel ne s'était produit.

Ο Γκρέγκορ έλεγε στον εαυτό του ότι δεν συνέβαινε τίποτα ασυνήθιστο.

« Ce ne sont que quelques meubles qui ont été emportés. »

«Είναι απλώς κάποια έπιπλα που έχουν αφαιρεθεί.»

Mais il dut bientôt admettre que ces événements l'avaient affecté.

Σύντομα όμως αναγκάστηκε να παραδεχτεί ότι τα γεγονότα τον επηρέασαν.

Les femmes disaient tout ce qu'elles faisaient.

Οι γυναίκες έλεγαν όλα όσα έκαναν.

Ils faisaient des allers-retours dans la pièce.

Περπατούσαν πέρα δώθε μέσα στο δωμάτιο.

Le bruit des meubles qui grattent le sol.

Το ξύσιμο όλων των επίπλων στο πάτωμα.

Il avait l'impression d'être assailli de toutes parts.

Ένιωθε σαν να τον επιτίθονταν από παντού.

Il replia sa tête et ses jambes aussi fort qu'il le put.

Τράβηξε το κεφάλι και τα πόδια του μέσα όσο πιο σφιχτά μπορούσε.

De toutes ses forces, il plaqua son corps au sol.

Με όλη του τη δύναμη πίεσε το σώμα του στο έδαφος.

Il savait qu'il ne pourrait pas supporter tout cela encore longtemps.

Ήξερε ότι δεν θα μπορούσε να αντέξει όλα αυτά για πολύ ακόμα.

Ils ont vidé sa chambre et ont pris tout ce qu'il aimait.

Άδειασαν το δωμάτιό του και πήραν όλα όσα αγαπούσε.

Ils avaient déjà pris la boîte contenant tous ses outils.

Είχαν ήδη πάρει το κουτί που περιείχε όλα τα εργαλεία του.

Ils étaient en train de déloger son lourd bureau du sol.

Τώρα χαλάρωναν το βαρύ γραφείο του από το έδαφος.

Le bureau sur lequel il avait travaillé en rentrant du travail.

Το γραφείο στο οποίο είχε δουλέψει αφού είχε επιστρέψει από τη δουλειά.

Le bureau sur lequel il avait noté ses missions professionnelles.

Το γραφείο στο οποίο είχε γράψει τις επαγγελματικές του εργασίες.

Le bureau sur lequel il avait fait ses devoirs au collège.

Το γραφείο στο οποίο είχε κάνει τις εργασίες του στο γυμνάσιο.

Oui, il avait déjà eu ce bureau à l'école primaire.

Ναι, είχε ήδη αυτό το θρανίο στο δημοτικό σχολείο.

Il n'a vraiment pas eu le temps de vérifier leurs bonnes intentions.

Δεν είχε πραγματικά χρόνο να επιβεβαιώσει τις καλές τους προθέσεις.

Bien qu'il ait presque oublié leur présence.

Αν και είχε σχεδόν ξεχάσει ότι ήταν εκεί ούτως ή άλλως.

Parce qu'ils travaillaient en silence, épuisés.

Επειδή δούλευαν σιωπηλά, λόγω εξάντλησης.

Ils étaient trop fatigués pour annoncer leurs mouvements maintenant.

Ήταν πολύ κουρασμένοι για να ανακοινώσουν τώρα τις κινήσεις τους.

Il n'entendait que leurs lourds pas sur le sol.

Το μόνο που άκουγε ήταν τα βαριά βήματά τους στο πάτωμα.

À ce moment précis, ils étaient appuyés contre la boîte.

Ακριβώς εκείνη τη στιγμή ήταν ακουμπισμένοι στο κουτί.

Et c'est alors que Gregor est sorti de sous le canapé.

Και τότε ήταν που ο Γκρέγκορ βγήκε κάτω από τον καναπέ.

Il a changé de direction à quatre reprises.

Άλλαξε την κατεύθυνση που έτρεχε τέσσερις φορές.

Il n'arrivait pas à se décider quel objet sauver en premier.

Δεν μπορούσε να αποφασίσει ποιο αντικείμενο έπρεπε να σωθεί πρώτο.

Soudain, son attention fut attirée par le mur vide.

Ξαφνικά η προσοχή του τράβηξε ο άδειος τοίχος.

Ils ne lui avaient laissé que la photo de la dame en fourrure.

Το μόνο που του είχαν αφήσει ήταν η εικόνα της κυρίας με τη γούνα.

Il rampa jusqu'à la photo pour coller son corps contre le sien.

Σύρθηκε προς την εικόνα για να πιέσει το σώμα του πάνω της.

Et son corps masquait complètement la vue de la photo.

Και το σώμα του κάλυπτε πλήρως την εικόνα.

Le verre le soutenait et apaisait son ventre brûlant.

Το ποτήρι τον κράτησε όρθιο και παρηγόρησε την καυτή του κοιλιά.

On ne pouvait plus lui enlever cette photo.

Αυτή η φωτογραφία δεν μπορούσε πλέον να του αφαιρεθεί.

Puis il tourna la tête vers la porte du salon.

Έπειτα γύρισε το κεφάλι του προς την πόρτα του σαλονιού.

Il allait les regarder retourner dans la pièce.

Επρόκειτο να παρακολουθήσει καθώς οι γυναίκες επέστρεφαν στο δωμάτιο.

Et ils ne se reposèrent pas longtemps avant de revenir.

Και δεν άργησαν να ησυχάσουν πριν επιστρέψουν ξανά.

Grete avait le bras autour de sa mère pour l'aider à marcher.

Η Γκρέτε είχε αγκαλιάσει τη μητέρα της για να τη βοηθήσει να περπατήσει.

« Que prenons-nous maintenant ? » demanda Grete en regardant autour d'elle.

«Τι θα πάρουμε τώρα;» είπε η Γκρέτε και κοίταξε γύρω της.

À ce moment précis, son regard croisa celui de Gregor.

Ακριβώς εκείνη τη στιγμή το βλέμμα της συνάντησε τα μάτια του Γκρέγκορ.

Malgré le choc, elle a gardé son sang-froid.

Παρά το σοκ, διατήρησε την ψυχραιμία της.

Probablement uniquement à cause de la présence de sa mère.

Πιθανώς μόνο λόγω της παρουσίας της μητέρας της.

Elle pencha le visage vers sa mère, lui cachant la vue.

Έσκυψε το πρόσωπό της προς τη μητέρα της, καλύπτοντας το οπτικό της πεδίο.

Et puis elle dit, d'une voix tremblante et sans réfléchir :

Και τότε είπε, αν και τρέμοντας και απερίσκεπτα:

«Allez, on ne devrait pas retourner au salon ?»

«Έλα, δεν πρέπει να γυρίσουμε στο σαλόνι;»

Gregor comprenait aisément les intentions de sa sœur.

Ο Γκρέγκορ μπορούσε εύκολα να καταλάβει τις προθέσεις της αδελφής.

Sa priorité absolue était de mettre sa mère en sécurité.

Η πρώτη της προτεραιότητα ήταν να μεταφέρει τη μητέρα της σε ασφαλές μέρος.

Mais ensuite, elle allait le poursuivre depuis le mur.

Αλλά μετά επρόκειτο να τον κυνηγήσει κάτω από τον τοίχο.

« Eh bien, elle peut toujours essayer ! » pensa Gregor.

«Λοιπόν, σίγουρα μπορεί να προσπαθήσει!» σκέφτηκε μέσα του ο Γκρέγκορ.

Il s'assit fermement sur son tableau et ne le lâcha pas.

Κάθισε σταθερά πάνω στην εικόνα του και δεν την άφησε.

Il aurait préféré sauter au visage de sa sœur.

Θα προτιμούσε να είχε πηδήξει κατάμουτρα στην αδερφή.

Mais les paroles de Grete avaient encore plus inquiété sa mère.

Αλλά τα λόγια της Γκρέτε είχαν ανησυχήσει τη μητέρα της ακόμη περισσότερο.

Elle s'écarta pour voir ce qu'on lui cachait.

Έκανε στην άκρη για να δει τι της έκρυβαν.

Et elle vit la tache brune sur le papier peint à fleurs.

Και είδε τον καφέ λεκέ στην λουλουδάτη ταπετσαρία.

Et elle a crié avant même de réaliser que c'était Gregor.

Και ούρλιαξε πριν καν καταλάβει ότι ήταν ο Γκρέγκορ.

« Oh mon Dieu ! » hurla-t-elle en tendant les bras.

«Θεέ μου», ούρλιαξε με τα χέρια της απλωμένα.

Et elle s'est effondrée sur le canapé comme si elle avait renoncé.

Και έπεσε στον καναπέ σαν να τα είχε παρατήσει.

« Gregor ! » cria sa sœur en levant le poing.

«Γκρέγκορ!» φώναξε η αδερφή προς το μέρος του με σηκωμένη γροθιά.

Et elle lui lança un regard long, dur et pénétrant.

Και του έριξε ένα παρατεταμένο, σκληρό και διαπεραστικό βλέμμα.

C'était la première fois qu'elle lui parlait directement.

Αυτή ήταν η πρώτη φορά που του είχε μιλήσει απευθείας.

Elle a couru dans la pièce voisine pour aller chercher des sels d'ammoniaque.

Έτρεξε στο διπλανό δωμάτιο για να πάρει μερικά μυρωδάτα άλατα.

Elle devait ramener sa mère à la conscience.

Έπρεπε να επαναφέρει τη μητέρα της στις αισθήσεις της.

Gregor voulait aider, il pourrait sauvegarder la photo plus tard.

Ο Γκρέγκορ ήθελε να βοηθήσει, μπορούσε να σώσει την εικόνα αργότερα.

Mais il s'était solidement collé à la vitre.

Αλλά είχε κολλήσει γερά στο γυαλί.

Il a donc dû s'arracher à ce point en utilisant beaucoup de force.

Έτσι αναγκάστηκε να απομακρυνθεί χρησιμοποιώντας πολλή δύναμη.

Il courut lui aussi dans la pièce voisine, où se trouvait sa sœur.

Κι αυτός έτρεξε στο διπλανό δωμάτιο, όπου βρισκόταν η αδερφή.

Autrefois, il aurait pu lui donner quelques conseils.

Στα παλιά χρόνια θα μπορούσε να της είχε δώσει κάποιες συμβουλές.

Mais à présent, il ne pouvait rien faire d'autre que rester là, impuissant, et regarder.

Αλλά τώρα δεν μπορούσε να κάνει τίποτα άλλο παρά να στέκεται άπραγος και να παρακολουθεί.

Elle fouilla dans le tiroir, ouvrant diverses bouteilles.

Έψαξε μέσα στην τράβηγμα, ανοίγοντας διάφορα μπουκάλια.

Et il lui faisait encore peur quand elle se retournait.

Και την τρόμαξε ακόμα όταν γύρισε.

Une bouteille est tombée par terre, s'est cassée et a éclaté.

Ένα μπουκάλι έπεσε στο πάτωμα, έσπασε και θρυμματίστηκε.

Un éclat de verre a frappé Gregor au visage et l'a blessé.

Ένα θραύσμα γυαλιού χτύπησε το πρόσωπο του Γκρέγκορ και τον τραυμάτισε.

La bouteille contenait une sorte de liquide caustique.

Το μπουκάλι περιείχε κάποιο είδος καυστικού υγρού.

Et maintenant, le liquide corrosif brûlait le visage de Gregor.

Και τώρα το διαβρωτικό υγρό έκαιγε το πρόσωπο του Γκρέγκορ.

Sa sœur, cependant, n'avait pas de temps à consacrer à Gregor pour le moment.

Η αδερφή, ωστόσο, δεν είχε χρόνο για τον Γκρέγκορ αυτή τη στιγμή.

Elle ramassa autant de bouteilles qu'elle put.

Μάζεψε όσα περισσότερα μπουκάλια μπορούσε.

Et elle est retournée en courant vers sa mère avec les médicaments.

Και έτρεξε πίσω στη μητέρα της με το φάρμακο.

Elle claqua la porte du pied, empêchant Gregor d'entrer.

Χτύπησε την πόρτα με το πόδι της, αποκλείοντας τον Γκρέγκορ.

Il était désormais coupé de sa mère, potentiellement mourante.

Τώρα ήταν αποκομμένος από την πιθανώς ετοιμοθάνατη μητέρα του.

S'il ouvrait la porte, il chasserait sa sœur.

Αν άνοιγε την πόρτα, θα έδιωχνε την αδερφή.

Mais bien sûr, elle devait rester pour s'occuper de sa mère.

Αλλά φυσικά έπρεπε να μείνει για να φροντίσει τη μητέρα.

Il ne pouvait plus rien faire d'autre qu'attendre.

Δεν μπορούσε να κάνει τίποτα άλλο τώρα παρά να τους περιμένει.

Rongé par les remords et l'anxiété, il se mit à ramper.

Βασανισμένος από αυτομεμψία και άγχος, άρχισε να σέρνεται.

Il rampait partout : sur les murs, les meubles, le plafond.

Σέρνονταν παντού· τοίχους, έπιπλα, το ταβάνι.

Il avait l'impression que toute la pièce tournait autour de lui.

Ένιωθε σαν όλο το δωμάτιο να γύριζε γύρω του.

Finalement, désespéré et pris de vertiges, il retomba.

Τελικά, σε απόγνωση και ζάλη, έπεσε ξανά κάτω.

Et il est tombé directement sur la grande table de la salle à manger.

Και έπεσε ακριβώς πάνω στο μεγάλο τραπέζι της τραπεζαρίας.

Il resta allongé là un certain temps, engourdi et incapable de bouger.

Πέρασε αρκετή ώρα ξαπλωμένος εκεί, μουδιασμένος και ανίκανος να κουνηθεί.

Il était épuisé par tout ce que cette journée lui avait apporté.

Ήταν εξαντλημένος από όλα όσα του είχε φέρει αυτή η μέρα.

Le silence régnait partout, mais c'était peut-être bon signe.

Επικρατούσε ησυχία τριγύρω, αλλά ίσως αυτό να ήταν καλό σημάδι.

Puis, brisant le silence, la sonnette retentit à l'extérieur.

Τότε, σπάζοντας τη σιωπή, χτύπησε το κουδούνι έξω.

La bonne, bien sûr, s'était enfermée dans sa cuisine.

Η υπηρέτρια, φυσικά, είχε κλειδωθεί στην κουζίνα της.

La sœur était donc la seule à pouvoir ouvrir la porte.

Έτσι, η αδελφή ήταν η μόνη που μπορούσε να ανοίξει την πόρτα.

« Que s'est-il passé ? » fut la première question du père.

«Τι συνέβη;» ήταν το πρώτο πράγμα που ρώτησε ο πατέρας.

L'apparence de Grete lui avait probablement tout dit.

Η εμφάνιση της Γκρέτε πιθανότατα του τα είχε πει όλα.

La voix de Grete devint étouffée et monotone tandis qu'elle parlait.

Η φωνή της Γκρέτε έγινε πνιχτή και μουντή καθώς μιλούσε.

Elle a dû enfouir son visage contre la poitrine de son père.

Πρέπει να πίεσε το πρόσωπό της στο στήθος του πατέρα της.

« Maman était inconsciente, mais elle va mieux maintenant. »

«Η μητέρα ήταν αναίσθητη, αλλά τώρα αισθάνεται καλύτερα».

« Gregor s'est échappé », a-t-elle ajouté, ce à quoi il s'attendait.

«Ο Γκρέγκορ δραπέτευσε», πρόσθεσε, κάτι που εκείνος περίμενε.

« Je vous l'ai toujours dit, il allait s'échapper un jour. »

«Πάντα σου έλεγα ότι μια μέρα θα δραπετεύσει.»

« Mais vous, les femmes, vous ne vouliez pas m'écouter, n'est-ce pas ? »

«Αλλά εσείς οι γυναίκες δεν θέλατε να με ακούσετε, έτσι δεν είναι;»

Gregor comprit rapidement comment son père verrait les choses.

Ο Γκρέγκορ γρήγορα συνειδητοποίησε πώς θα έβλεπε τα πράγματα ο πατέρας του.

Il avait mal interprété le message trop bref de Grete.

Είχε παρερμηνεύσει το υπερβολικά σύντομο μήνυμα της Γκρέτε.

Il supposa que Gregor avait commis un acte de violence.

Υπέθεσε ότι ο Γκρέγκορ είχε διαπράξει κάποια βίαιη πράξη.

Gregor devait trouver un moyen d'apaiser son père d'une manière ou d'une autre.

Ο Γκρέγκορ έπρεπε να βρει έναν τρόπο να κατευνάσει τον πατέρα του με κάποιο τρόπο.

Parce qu'il n'avait pas le temps de lui expliquer les choses.

Επειδή δεν είχε χρόνο να του εξηγήσει τα πράγματα.

Mais de toute façon, il n'aurait pas été capable d'expliquer les choses.

Αλλά έτσι κι αλλιώς δεν θα μπορούσε να εξηγήσει τα πράγματα.

Il s'est donc enfui vers la porte et s'y est plaqué.

Έτσι έτρεξε προς την πόρτα και κόλλησε πάνω της.

Ainsi, son père pourrait le voir depuis l'antichambre.

Έτσι ο πατέρας του μπορούσε να τον δει από το προθάλαμο.

Et il pourrait constater qu'il avait les meilleures intentions.

Και θα μπορούσε να δει ότι είχε τις καλύτερες προθέσεις.

Il n'était pas nécessaire de le repousser avec un balai.

Δεν υπήρχε λόγος να τον σπρώξουν πίσω με σκούπα.

Il aurait suffi que le père ouvre la porte.

Το μόνο που θα έπρεπε να κάνει ο πατέρας ήταν να ανοίξει την πόρτα.

Mais il n'était pas d'humeur à remarquer de telles subtilités.

Αλλά δεν είχε διάθεση να προσέξει τέτοιες λεπτές αποχρώσεις.

« Te voilà ! » s'exclama-t-il dès qu'il entra.

«Ορίστε!» αναφώνησε, μόλις μπήκε μέσα.

C'était comme s'il était à la fois en colère et heureux.

Ήταν σαν να ήταν θυμωμένος και χαρούμενος ταυτόχρονα.

Il recula la tête et leva les yeux vers son père.

Τράβηξε το κεφάλι του πίσω και κοίταξε τον πατέρα.

Il n'avait pas imaginé son père debout là, dans cette position.

Δεν είχε φανταστεί τον πατέρα του να στέκεται εκεί έτσι.

Mais ces derniers temps, il s'était trouvé une nouvelle distraction.

Αλλά πρόσφατα είχε βρει έναν νέο αντιπερισπασμό.

Ramper occupait désormais une grande partie de sa journée.

Το να μπουσουλάει καταλάμβανε τώρα μεγάλο μέρος της ημέρας του.

Auparavant, il se tenait au courant de toutes les nouvelles dans l'appartement.

Πριν, παρακολουθούσε κάθε νέο στο διαμέρισμα.

Mais ces derniers temps, il n'y avait pas prêté beaucoup d'attention.

Αλλά τελευταία δεν έδινε και τόση προσοχή.

Il aurait dû se préparer à faire face aux changements.

Έπρεπε να είναι προετοιμασμένος να αντιμετωπίσει αλλαγές.

Pour autant, cet homme qui se tenait devant lui était-il encore son père ?

Παρ' όλα αυτά, ήταν άραγε αυτός ο άνθρωπος πριν από αυτόν ακόμα ο πατέρας;

Était-ce le même homme qui avait l'habitude de rester allongé, fatigué, dans son lit ?

Ήταν ο ίδιος άντρας που συνήθιζε να ξαπλώνει κουρασμένος στο κρεβάτι του;

Alors que Gregor était déjà parti en voyage d'affaires.

Όταν ο Γκρέγκορ είχε ήδη φύγει για επαγγελματικό ταξίδι.

Était-ce le même homme qui le saluait le soir ?

Ήταν ο ίδιος άνθρωπος που τον χαιρετούσε τα βράδια;

Lorsqu'il était en robe de chambre, dans son fauteuil.

Όταν ήταν με τη ρόμπα του στην πολυθρόνα του.

Était-ce le même homme qui n'avait pas pu se lever pour l'accueillir ?

Ήταν ο ίδιος άνθρωπος που δεν μπορούσε να σηκωθεί να τον καλωσορίσει;

Restant assis, il leva le bras en signe de joie.

Έτσι, μένοντας καθισμένος, σήκωσε το χέρι του σε ένδειξη χαράς.

Était-ce le même homme avec qui il faisait parfois des promenades ?

Ήταν ο ίδιος άντρας με τον οποίο έκανε περιστασιακές βόλτες;

Exceptionnellement : quelques dimanches par an, ou les jours fériés.

Σε σπάνιες περιπτώσεις: μερικές Κυριακές το χρόνο ή αργίες.

Était-ce le même homme qui marchait, enveloppé dans son pardessus ?

Ήταν ο ίδιος άντρας που περπατούσε, τυλιγμένος στο παλτό του;

S'est-il lentement avancé, entre la mère et lui ?

Προχωρούσε αργά προς τα εμπρός, ανάμεσα σε αυτόν και τη μητέρα;

Et ils marchaient déjà lentement à cause de lui.

Και περπατούσαν ήδη αργά εξαιτίας του.

Mais à présent, cet homme se tenait droit et fort.

Αλλά τώρα αυτός ο άντρας στεκόταν δυνατός και όρθιος.

Il portait un uniforme bleu à boutons dorés.

Ήταν ντυμένος με μπλε στολή με χρυσά κουμπιά.

Les badges que portent les employés des institutions bancaires.

Κουμπιά που φορούν οι υπάλληλοι των τραπεζικών ιδρυμάτων.

Au-dessus du col rigide, son double menton prononcé se dessinait.

Πάνω από το άκαμπτο γιακά ξεπρόβαλε το δυνατό διπλό πηγούνι του.

Sous ses sourcils broussailleux, ses yeux noirs fixaient le vide.

Κάτω από τα πυκνά φρύδια του τα μαύρα μάτια του κοιτούσαν έξω.

À présent, ses yeux paraissaient perçants, frais et alertes.

Τώρα τα μάτια του φαίνονταν διαπεραστικά, φρέσκα και ζωηρά.

Les cheveux blancs, auparavant ébouriffés, étaient désormais peignés.

Τα προηγουμένως ατημέλητα άσπρα μαλλιά ήταν χτενισμένα.

Et ses cheveux étaient désormais coiffés d'une raie centrale méticuleuse.

Και τα μαλλιά του είχαν τώρα μια προσεγμένη κεντρική χωρίστρα.

Il jeta son chapeau, orné d'un monogramme en or.

Πέταξε το καπέλο του, το οποίο ήταν στερεωμένο με ένα χρυσό μονόγραμμα.

Il s'agissait probablement du monogramme de la banque pour laquelle il travaillait.

Ήταν πιθανώς το μονόγραμμα της τράπεζας στην οποία εργαζόταν.

Et le chapeau atterrit sur le canapé, pour être rangé plus tard.

Και το καπέλο προσγειώθηκε στον καναπέ, για να το τακτοποιήσουν αργότερα.

Il repoussa le bas de sa longue veste d'uniforme.

Έσπρωξε προς τα πίσω το κάτω μέρος του μακριού σακακιού της στολής.

Et il mit ses pouces dans les poches de son pantalon.

Και έβαλε τους αντίχειρές του στις τσέπες του παντελονιού του.

Puis, le visage sombre, il s'avança vers Gregor.

Και μετά, με σκυθρωπό πρόσωπο, περπάτησε προς τον Γκρέγκορ.

Il ne savait probablement même pas ce qu'il comptait faire.

Πιθανότατα δεν ήξερε καν τι σκόπευε να κάνει.

Mais il leva néanmoins les pieds exceptionnellement haut.

Παρ' όλα αυτά, σήκωσε τα πόδια του ασυνήθιστα ψηλά.

Gregor était stupéfait par la taille énorme de ses bottes.

Ο Γκρέγκορ έμεινε έκπληκτος από το τεράστιο μέγεθος των μπότες του.

Mais il n'y avait vraiment pas le temps de s'extasier devant ses chaussures.

Αλλά πραγματικά δεν υπήρχε χρόνος να θαυμάσει τα παπούτσια του.

Le père avait opté pour une discipline très stricte.

Ο πατέρας είχε αποφασίσει να επιβάλει πολύ αυστηρή πειθαρχία.

Seule la plus grande sévérité convenait à Gregor.

Μόνο η μεγαλύτερη αυστηρότητα ήταν κατάλληλη για τον Γκρέγκορ.

Il le savait dès le premier jour de sa transformation.

Το ήξερε αυτό από την πρώτη μέρα της μεταμόρφωσής του.

Il courut vers son père et s'arrêta quand celui-ci s'arrêta.

Έτρεξε στον πατέρα του και σταμάτησε όταν σταμάτησε κι αυτός.

Il se précipita de nouveau vers lui lorsqu'il bougea à nouveau.

Έτρεξε ξανά προς το μέρος του όταν εκείνος κινήθηκε ξανά.

Le père marqua une pause, et Gregor fit de même.

Ο πατέρας σταμάτησε για μια στιγμή, όπως και ο Γκρέγκορ.

Et il se précipita de nouveau en avant dès que son père eut bougé.

Και όρμησε ξανά μπροστά μόλις ο πατέρας του κινήθηκε.

Ils firent ainsi plusieurs fois le tour de la pièce.

Με αυτόν τον τρόπο έκαναν κύκλους γύρω από το δωμάτιο αρκετές φορές.

Aucun avantage décisif n'avait encore été obtenu par qui que ce soit.

Κανένας δεν είχε αποκτήσει ακόμη αποφασιστικό πλεονέκτημα.

On n'aurait pas pu avoir l'impression d'une poursuite.

Δεν θα μπορούσε κανείς να σχηματίσει την εντύπωση καταδίωξης.

Parce que tout l'événement se déroulait beaucoup trop lentement.

Επειδή όλο το συμβάν συνέβαινε πολύ αργά.

Gregor avait décidé de rester au sol.

Ο Γκρέγκορ είχε αποφασίσει να μείνει στο έδαφος.

Il aurait pu courir le long des murs et du plafond.

Θα μπορούσε να είχε τρέξει πάνω στους τοίχους και κατά μήκος του ταβανιού.

Mais il ne voulait pas provoquer inutilement le père.

Αλλά δεν ήθελε να προκαλέσει τον πατέρα άσκοπα.

Une telle évasion aurait pu paraître particulièrement perverse.

Μια τέτοια απόδραση μπορεί να φαινόταν ιδιαίτερα άδικη.

Gregor admit que cette poursuite ne pourrait pas durer beaucoup plus longtemps.

Ο Γκρέγκορ παραδέχτηκε ότι αυτή η καταδίωξη δεν μπορούσε να διαρκέσει για πολύ περισσότερο.

Chaque étape nécessitait une myriade de mouvements.

Κάθε βήμα έπρεπε να συνοδεύεται από μια πληθώρα κινήσεων.

Il commençait déjà à avoir le souffle court.

Είχε ήδη αρχίσει να νιώθει μια δύσπνοια.

Même avant cela, il n'avait jamais eu des poumons totalement fiables.

Ακόμα και πριν, δεν είχε ποτέ απόλυτα αξιόπιστους πνεύμονες.

Il avançait en titubant, économisant ses forces pour la course.

Παραπατούσε, φυλάσσοντας τις δυνάμεις του για το τρέξιμο.

Il était si fatigué qu'il avait du mal à garder les yeux ouverts.

Ήταν τόσο κουρασμένος που με δυσκολία κρατούσε τα μάτια του ανοιχτά.

Ses pensées étaient devenues trop lentes pour qu'il puisse envisager d'autres solutions.

Οι σκέψεις του έγιναν πολύ αργές για να σκεφτεί άλλες αποδράσεις.

Il avait presque oublié que les murs étaient à sa disposition.

Είχε σχεδόν ξεχάσει ότι τα τείχη ήταν διαθέσιμα σε αυτόν.

Mais les murs étaient de toute façon dissimulés derrière des meubles.

Αλλά οι τοίχοι ήταν κρυμμένοι πίσω από έπιπλα ούτως ή άλλως.

Et les meubles avaient trop d'encoches et de saillies.

Και τα έπιπλα είχαν πάρα πολλές εγκοπές και προεξοχές.

Et puis, juste à côté de lui, en roulant, il y avait une pomme.

Και τότε, ακριβώς δίπλα του, να κυλάει, υπήρχε ένα μήλο.

Il réalisa que la pomme avait dû lui être lancée.

Το μήλο πρέπει να του το πέταξαν, συνειδητοποίησε.

Mais il n'eut pas le temps de réfléchir qu'une autre pomme arriva.

Αλλά δεν είχε χρόνο να σκεφτεί πριν έρθει άλλο ένα μήλο.

Gregor resta figé, sous le choc de la nouvelle stratégie de son père.

Ο Γκρέγκορ πάγωσε από το σοκ με τη νέα στρατηγική του πατέρα.

Il ne pouvait plus rien gagner à essayer de fuir.

Δεν μπορούσε πλέον να κερδίσει τίποτα προσπαθώντας να τρέξει.

Le père avait décidé de le bombarder de fruits.

Ο πατέρας είχε αποφασίσει να τον βομβαρδίσει με φρούτα.

Il avait rempli ses poches avec les fruits du bol de la cuisine.

Είχε γεμίσει τις τσέπες του από τη φρουτιέρα της κουζίνας.

Sans viser particulièrement, il lançait pomme après pomme.

Χωρίς να στοχεύσει ιδιαίτερα, έριχνε το ένα μήλο μετά το άλλο.

Ces petites pommes rouges roulaient sur le sol.

Αυτά τα μικρά κόκκινα μήλα κυλούσαν στο έδαφος.

Comme électrifiées, les pommes se heurtèrent les unes aux autres.

Σαν να ηλεκτρίστηκαν, τα μήλα χτύπησαν το ένα πάνω στο άλλο.

Une des pommes, lancée mollement, a effleuré le dos de Gregor.

Ένα από τα αδύναμα πεταμένα μήλα έγδαρε την πλάτη του Γκρέγκορ.

Heureusement pour lui, la pomme a glissé sans le blesser.

Ευτυχώς γι' αυτόν, το μήλο γλίστρησε ακίνδυνα.

Cependant, la pomme lancée ensuite était plus précise.

Ωστόσο, το μήλο που ρίχτηκε μετά ήταν πιο εύστοχο.

Et cette pomme s'est logée profondément dans le dos de Gregor.

Και αυτό το μήλο σφηνώθηκε βαθιά στην πλάτη του Γκρέγκορ.

Gregor voulait s'éloigner de la douleur.

Ο Γκρέγκορ ήθελε να ξεφύγει από τον πόνο.

Peut-être pourrait-on échapper à cette nouvelle douleur inimaginable.

Ίσως θα μπορούσε κανείς να ξεφύγει από αυτόν τον νέο, απίστευτο πόνο.

Un changement d'endroit pourrait peut-être soulager son supplice.

Ίσως μια αλλαγή τοποθεσίας θα ανακούφιζε την αγωνία του.

Mais il avait l'impression d'être cloué au sol.

Αλλά ένιωθε σαν να τον είχαν καρφώσει στο πάτωμα.

Il s'étira, mais seulement à cause de sa confusion.

Τεντώθηκε, αλλά μόνο λόγω της σύγχυσής του.

Ce n'est qu'à son dernier regard qu'il vit la porte s'ouvrir.

Μόνο με την τελευταία του ματιά είδε την πόρτα να ανοίγει.

La mère s'est précipitée devant sa sœur qui hurlait.

Η μητέρα όρμησε έξω μπροστά στην αδερφή που ούρλιαζε.

Sa sœur l'avait déshabillée, elle était donc encore en chemise.

Η αδελφή την είχε γδύσει, οπότε φορούσε το πουκάμισό της.

Elle avait besoin de respirer pendant son inconscience.

Χρειαζόταν χώρο για να αναπνεύσει μέσα στην ασυνείδητη κατάστασή της.

Il voyait encore la mère courir vers le père.

Ακόμα έβλεπε πώς η μητέρα έτρεχε προς τον πατέρα.

Ses jupes glissèrent au sol, l'une après l'autre.

Οι φούστες της γλίστρησαν στο έδαφος, η μία μετά την άλλη.

Il la vit s'approcher du père et trébucher sur sa jupe.

Την είδε να πλησιάζει τον πατέρα και να σκοντάφτει στη φούστα της.

L'enlaçant, elle demanda qu'on épargne la vie de Gregor.

Αγκαλιάζοντάς τον, ζήτησε να σωθεί η ζωή του Γκρέγκορ.

En parfaite harmonie avec son corps, sa vue s'est éteinte.

Σε πλήρη ένωση με το σώμα του, η όρασή του απέτυχε.

Troisième partie
Μέρος Τρίτο

Gregor a souffert de cette grave blessure pendant plus d'un mois.

Ο Γκρέγκορ υπέφερε από τον σοβαρό τραυματισμό για πάνω από ένα μήνα.

La pomme restait incrustée ; personne n'osait l'enlever.

Το μήλο παρέμεινε ενσωματωμένο· κανείς δεν τόλμησε να το αφαιρέσει.

La pomme restait plantée dans sa chair comme un rappel visible.

Το μήλο παρέμεινε στη σάρκα του ως μια ορατή υπενθύμιση.

Mais la pomme servait aussi de rappel au père.

Αλλά το μήλο χρησίμευε επίσης ως υπενθύμιση για τον πατέρα.

Il comprit que Gregor ne devait pas être traité comme un ennemi.

Συνειδητοποίησε ότι ο Γκρέγκορ δεν έπρεπε να αντιμετωπίζεται σαν εχθρός.

Actuellement, son apparence pourrait être triste et repoussante.

Προς το παρόν, η εμφάνισή του μπορεί να είναι θλιβερή και αηδιαστική.

Mais il restait néanmoins un membre de leur famille.

Παρ' όλα αυτά, ήταν ακόμα μέλος της οικογένειάς τους.

Il a fallu accepter et tolérer cette réticence.

Η απροθυμία έπρεπε να καταποθεί και να γίνει ανεκτή.

En raison de sa blessure, il risque fort de perdre sa mobilité à jamais.

Λόγω του τραύματός του, η κινητικότητά του μπορεί κάλλιστα να χαθεί για πάντα.

Il continuait à ramper dans sa chambre, mais beaucoup plus lentement.

Συνέχιζε να σέρνεται στο δωμάτιό του, αλλά πολύ πιο αργά.

Ramper à une quelconque hauteur était hors de question.

Το να μπουσουλάει κανείς σε οποιοδήποτε ύψος ήταν αδιανόητο.

Mais Gregor a bien reçu une forme de compensation.

Αλλά ο Γκρέγκορ έλαβε κάποια μορφή αποζημίωσης.

Le soir, la porte du salon lui fut ouverte.

Το βράδυ του άνοιξε η πόρτα του σαλονιού.

Et il estimait que ces réparations étaient tout à fait adéquates.

Και ένιωθε ότι αυτές οι αποζημιώσεις ήταν απολύτως επαρκείς.

Avant le soir, il avait déjà commencé à surveiller la porte.

Πριν από το βράδυ άρχισε ήδη να παρατηρεί την πόρτα.

Il était allongé dans l'obscurité, invisible depuis le salon.

Ξάπλωσε στο σκοτάδι, αόρατος από το σαλόνι.

Il pouvait voir toute la famille à la table illuminée.

Μπορούσε να δει όλη την οικογένεια στο φωτισμένο τραπέζι.

Il était désormais autorisé à écouter leurs conversations.

Τώρα του επιτράπηκε να ακούσει τις συνομιλίες τους.

C'était très différent de leur arrangement précédent.

Αυτή ήταν αρκετά διαφορετική από την προηγούμενη ρύθμισή τους.

Les conversations animées d'autrefois étaient terminées.

Οι ζωηρές συζητήσεις των προηγούμενων εποχών είχαν τελειώσει.

C'étaient ces conversations qu'il désirait tant.

Αυτές ήταν οι συζητήσεις που συνήθιζε να λαχταρά.

Lorsqu'il dormait seul dans de petites chambres d'hôtel.

Όταν κοιμόταν μόνος του σε μικρά δωμάτια ξενοδοχείων.

Quand il a dû se jeter dans les draps humides.

Όταν αναγκάστηκε να ρίξει τον εαυτό του στα βρεγμένα σεντόνια.

Mais les soirées étaient désormais généralement calmes et sans incident.

Αλλά τα βράδια τώρα ήταν ως επί το πλείστον ήσυχα και χωρίς απρόοπτα.

Le père s'est endormi dans son fauteuil après le dîner.

Ο πατέρας αποκοιμήθηκε στην πολυθρόνα του μετά το δείπνο.

Et la mère et la sœur s'exhortaient mutuellement à se taire.

Και η μητέρα και η αδερφή παρότρυναν η μία την άλλη να σωπάσουν.

La mère, penchée très haut sur la lampe, cousait du lin.

Η μητέρα, σκυμμένη πολύ πάνω από το φως, έραψε λινά.

Elle confectionne maintenant des robes pour l'un des magasins de mode.

Τώρα έφτιαχνε φορέματα για ένα από τα καταστήματα μόδας.

Comme Gregor, sa sœur avait trouvé un emploi de vendeuse.

Όπως ο Γκρέγκορ, έτσι και η αδελφή είχε πιάσει δουλειά ως πωλήτρια.

Elle apprenait la sténographie et le français le soir.

Μάθαινε στενογραφία και γαλλικά τα βράδια.

Afin qu'elle puisse peut-être obtenir un meilleur poste plus tard.

Για να μπορέσει αργότερα να βρει μια καλύτερη θέση εργασίας.

Parfois, le père se réveillait de sa sieste du soir.

Μερικές φορές ο πατέρας ξυπνούσε από τους βραδινούς του υπνάκους.

« Chérie, tu as déjà cousu tellement longtemps aujourd'hui ! »

"Αγάπη μου, έραβες ήδη τόση ώρα σήμερα!"

Il semblait avoir oublié qu'il dormait.

Φαινόταν να έχει ξεχάσει ότι κοιμόταν.

Mais il retombait aussitôt dans son sommeil.

Αλλά αμέσως ξαναβυθίστηκε στον ύπνο του.

Et la mère et la sœur s'échangèrent un sourire las.

Και η μητέρα και η αδερφή χαμογέλασαν κουρασμένα η μία στην άλλη.

Le père avait développé une étrange nouvelle obstination.

Ο πατέρας είχε αναπτύξει ένα παράξενο νέο πείσμα.

Même chez lui, il refusait d'enlever son uniforme de domestique.

Ακόμα και στο σπίτι αρνούνταν να βγάλει τη στολή του υπηρέτη.

Et son peignoir pendait inutilement sur le cintre.

Και η ρόμπα του κρεμόταν άχρηστα στην κρεμάστρα.

Le père dormit donc, tout habillé, dans son fauteuil.

Έτσι ο πατέρας κοιμόταν, πλήρως ντυμένος, στην πολυθρόνα του.

C'était comme s'il était toujours prêt à rendre service.

Ήταν σαν να ήταν πάντα έτοιμος να προσφέρει την υπηρεσία του.

Comme s'il attendait simplement la voix de son supérieur.

Σαν να περίμενε απλώς τη φωνή του ανωτέρου του.

Cela a eu pour conséquence que son uniforme a perdu sa propreté.

Αυτό είχε ως αποτέλεσμα η στολή του να χάσει την καθαριότητά της.

Bien que l'uniforme ne fût pas neuf lorsqu'il l'a reçu.

Αν και η στολή δεν ήταν καινούρια όταν την απέκτησε.

Et la mère faisait de son mieux pour prendre soin de l'uniforme.

Και η μητέρα έκανε ό,τι μπορούσε για να φροντίσει τη στολή.

Gregor passait des soirées entières à contempler cet uniforme.

Ο Γκρέγκορ περνούσε ολόκληρα βράδια κοιτάζοντας αυτή τη στολή.

Il observa le vieil homme dormir très mal.

Παρακολουθούσε τον γέρο να κοιμάται πολύ άβολα.

Mais dans son sommeil, il remarqua aussi quelque chose de paisible.

Αλλά στον ύπνο του παρατήρησε επίσης κάτι γαλήνιο.

Lorsque l'horloge a sonné dix heures, la mère a essayé de le réveiller.

Όταν το ρολόι χτύπησε δέκα, η μητέρα προσπάθησε να τον ξυπνήσει.

Elle lui parla doucement et le persuada d'aller se coucher.

Μίλησε σιγανά και τον έπεισε να πάει για ύπνο.

Parce que dormir sur un fauteuil, ce n'était pas du vrai sommeil.

Επειδή ο ύπνος στην πολυθρόνα δεν ήταν πραγματικός ύπνος.

Il allait devoir commencer à travailler à six heures.

Επρόκειτο να ξεκινήσει τη δουλειά στις έξι η ώρα.

Il avait donc vraiment besoin de dormir le mieux possible.

Έτσι, χρειαζόταν πραγματικά να κοιμηθεί όσο το δυνατόν καλύτερα.

Mais il était pris d'une nouvelle forme d'obstination.

Αλλά τον είχε κυριεύσει μια νέα μορφή πείσματος.

Le fait de devenir serviteur avait commencé à avoir cet effet sur lui.

Το γεγονός ότι έγινε υπηρέτης είχε αρχίσει να έχει αυτή την επίδραση πάνω του.

Il insistait donc toujours pour rester plus longtemps à table.

Έτσι, πάντα επέμενε να μένει περισσότερο στο τραπέζι.

Bien qu'il se rendormît régulièrement dans son fauteuil.

Αν και τακτικά αποκοιμόταν ξανά στην καρέκλα του.

Et il ne pouvait être déplacé qu'avec la plus grande difficulté.

Και μπορούσε να μετακινηθεί μόνο με τη μεγαλύτερη δυσκολία.

Il a fallu lui dire que ce lit lui conviendrait mieux.

Έπρεπε να του πουν ότι το κρεβάτι θα ήταν καλύτερο για αυτόν.

La mère et la sœur ont dû insister, malgré quelques avertissements.

Η μητέρα και η αδερφή αναγκάστηκαν να επιμείνουν με ελάχιστες προειδοποιήσεις.

Pendant quinze minutes, il se contenta de secouer lentement la tête.

Για δεκαπέντε λεπτά μόνο κούνησε αργά το κεφάλι του.

Et il garda les yeux fermés et refusa de se lever.

Και κρατούσε τα μάτια του κλειστά και αρνιόταν να σηκωθεί.

La mère tira doucement, mais fermement, sur sa manche.

Ἡ μητέρα τον τράβηξε από το μανίκι, απαλά αλλά σταθερά.

Et elle lui murmurait des mots flatteurs à l'oreille, encore fatiguée.

Και ψιθύρισε κολακευτικά λόγια στα κουρασμένα αυτιά του.

La sœur a interrompu sa tâche pour aider sa mère.

Η αδελφή άφησε την εργασία που είχε αναλάβει για να βοηθήσει τη μητέρα της.

Mais aucun de leurs efforts n'a fonctionné sur le père.

Αλλά καμία από τις προσπάθειές τους δεν είχε αποτέλεσμα στον πατέρα.

Il s'enfonça encore plus profondément dans son fauteuil, prêt à dormir.

Βυθίστηκε ακόμα πιο βαθιά στην καρέκλα του, έτοιμος να κοιμηθεί.

Et finalement, les femmes l'ont attrapé sous les aisselles.

Και τελικά οι γυναίκες τον άρπαξαν κάτω από τις μασχάλες.

Il ouvrit les yeux et les regarda tour à tour.

Άνοιξε τα μάτια του και τα κοίταξε εναλλάξ.

« Quelle vie ! » se plaignit-il en allant se coucher.

«Τι ζωή είναι αυτή», παραπονέθηκε πηγαίνοντας για ύπνο.

« Est-ce là la paix qui m'a été accordée dans ma vieillesse ? »

«Αυτή είναι η ηρεμία που μου δόθηκε στα γεράματά μου;»

Mais alors, s'appuyant sur les deux femmes, il se leva maladroitement.

Αλλά τότε, ακουμπώντας στις δύο γυναίκες, σηκώθηκε αμήχανα.

Il agissait comme s'il portait le fardeau le plus lourd.

Συμπεριφερόταν σαν να κουβαλούσε το βαρύτερο φορτίο.

Il laissa les deux femmes le conduire au fond de la pièce.

Άφησε τις δύο γυναίκες να τον οδηγήσουν μέχρι το τέλος του δωματίου.

Là, il leur souhaita bonne nuit et poursuivit son chemin seul.

Εκεί τους καληνύχτισε και συνέχισε μόνος του.

Mais la mère jeta précipitamment son nécessaire à couture.

Αλλά η μητέρα πέταξε βιαστικά κάτω το σετ ραπτικής της.

Et la sœur posa elle aussi le stylo et le bloc-notes.

Και η αδερφή άφησε κάτω και το στυλό και το σημειωματάριο.

Et ils coururent derrière le père pour l'aider davantage.

Και έτρεξαν πίσω από τον πατέρα για να τον βοηθήσουν πιο μακριά.

Qui, dans cette famille surmenée, avait du temps à consacrer à Gregor ?

Ποιος σε αυτή την καταπονημένη από την εργασία οικογένεια είχε χρόνο για τον Γκρέγκορ;

Qui aurait pu lui accorder plus d'attention que nécessaire ?

Ποιος θα μπορούσε να του δώσει περισσότερη προσοχή από όσο χρειαζόταν;

Le budget des ménages est devenu de plus en plus restreint.

Ο οικογενειακός προϋπολογισμός περιοριζόταν ολοένα και περισσότερο.

Finalement, pour faire des économies, ils ont dû licencier la bonne.

Τελικά, για να εξοικονομήσουν χρήματα, αναγκάστηκαν να απολύσουν την υπηρέτρια.

Elle fut remplacée par une femme à la carrure imposante et aux cheveux blancs.

Αντικαταστάθηκε από μια γυναίκα με χοντρά κόκαλα και άσπρα μαλλιά.

Mais cette femme ne venait que le matin et le soir.

Αλλά αυτή η γυναίκα ερχόταν μόνο τα πρωινά και τα βράδια.

Et tout le travail le plus lourd et le plus pénible lui avait été réservé.

Και όλη η πιο βαριά και σκληρή δουλειά είχε φυλαχτεί γι' αυτήν.

Toutes les autres tâches ménagères étaient prises en charge par la mère.

Όλες τις άλλες δουλειές τις έκανε η μητέρα.

Il est même arrivé que plusieurs bijoux de famille soient vendus.

Συνέβη μάλιστα να πουληθούν διάφορα οικογενειακά κοσμήματα.

Des bijoux que les femmes avaient portés avec joie lors des festivités.

Κοσμήματα που φορούσαν ευχαρίστως οι γυναίκες κατά τη διάρκεια των εορτασμών.

Gregor a appris cela lors d'une discussion générale.

Ο Γκρέγκορ το έμαθε αυτό από μια από τις γενικές συζητήσεις.

Le principal grief, cependant, portait sur autre chose.

Το μεγαλύτερο παράπονο, ωστόσο, ήταν κάτι άλλο.

L'appartement était trop grand, mais ils ne pouvaient pas déménager.

Το διαμέρισμα ήταν πολύ μεγάλο, αλλά δεν μπορούσαν να μετακινηθούν.

Il était impossible de déplacer Gregor.

Δεν υπήρχε περίπτωση να είχαν μεταφέρει τον Γκρέγκορ.

Mais Gregor comprit que ce n'était pas seulement une question de considération.

Αλλά ο Γκρέγκορ συνειδητοποίησε ότι δεν επρόκειτο μόνο για αντάλλαγμα.

Quelque chose d'autre les a empêchés de déménager ailleurs.

Κάτι άλλο τους εμπόδιζε να μετακινηθούν κάπου αλλού.

Il aurait facilement pu être transporté dans une caisse appropriée.

Θα μπορούσε εύκολα να μεταφερθεί σε κατάλληλο κουτί.

Leur sentiment de désespoir total les a paralysés.

Τα συναισθήματα απόλυτης απελπισίας τους κρατούσαν πίσω.

Ils ne voulaient pas admettre que le malheur les avait frappés.

Δεν ήθελαν να παραδεχτούν ότι τους είχε βρει μια ατυχία.

Ils ont accompli ce que le monde exige des pauvres.

Αυτό που ο κόσμος απαιτεί από τους φτωχούς, αυτοί το εκπλήρωσαν.

Le père a apporté le petit déjeuner au jeune employé de banque.

Ο πατέρας έφερε πρωινό για τον μικρό τραπεζικό υπάλληλο.

La mère s'est sacrifiée pour laver le linge d'inconnus.

Η μητέρα θυσιάστηκε για τα ρούχα των ξένων.

La sœur faisait des allers-retours pour prendre les commandes des clients.

Η αδερφή έτρεχε πέρα δώθε για τις παραγγελίες των πελατών.

Mais ils n'avaient tout simplement plus la force d'en faire plus.

Αλλά απλώς δεν είχαν τη δύναμη να κάνουν τίποτε άλλο.

La blessure dans le dos de Gregor commença à le faire encore plus souffrir.

Η πληγή στην πλάτη του Γκρέγκορ άρχισε να πονάει ακόμα περισσότερο.

Chaque soir, la mère et la sœur amenaient le père au lit.

Κάθε βράδυ η μητέρα και η αδερφή έφερναν τον πατέρα για ύπνο.

Ils laissèrent leur travail où il était et s'assirent ensemble.

Άφησαν τη δουλειά τους εκεί που ήταν και κάθισαν μαζί.

Ils se rapprochèrent et s'assirent joue contre joue.

Και πλησίασαν ο ένας τον άλλον και κάθισαν μάγουλο με μάγουλο.

La mère désigna la pièce d'où il observait.

Η μητέρα έδειξε το δωμάτιο από όπου τον παρακολουθούσε.

« Pourriez-vous fermer la porte ? » demanda-t-elle à sa sœur.

«Θα έκλεινες την πόρτα;» ρώτησε την αδελφή.

Et Gregor se retrouva de nouveau seul dans le noir.

Και μετά ο Γκρέγκορ έμεινε ξανά μόνος στο σκοτάδι.

Et dans la pièce voisine, la femme mêla leurs larmes.

Και στο διπλανό δωμάτιο η γυναίκα ανακάτεψε τα δάκρυά τους.

Ou bien ils restaient assis, les yeux secs, fixant simplement la table.

Ή κάθονταν με τα μάτια στεγνά, απλώς κοιτάζοντας το τραπέζι.

Gregor ne dormait pratiquement pas, ni la nuit ni le jour.

Ο Γκρέγκορ σχεδόν δεν κοιμόταν καθόλου, ούτε νύχτα ούτε μέρα.

Il réfléchissait souvent à la façon dont il pourrait aider sa famille.

Συχνά σκεφτόταν πώς θα μπορούσε να βοηθήσει την οικογένεια.

Il songea à gagner à nouveau de l'argent pour eux.

Σκέφτηκε να κερδίσει ξανά τα χρήματα για αυτούς.

Il songea à faire ce qu'il faisait autrefois pour eux.

Σκέφτηκε να κάνει αυτό που έκανε παλιά για αυτούς.

Le représentant autorisé lui revint dans ses pensées.

Στις σκέψεις του ο εξουσιοδοτημένος αντιπρόσωπος επέστρεψε.

Et cette fois, le patron est également venu à l'appartement.

Και αυτή τη φορά ήρθε και το αφεντικό στο διαμέρισμα.

Et les commis et les apprentis étaient là aussi.

Και οι γραμματείς και οι μαθητευόμενοι ήταν επίσης εκεί.

Même le domestique un peu simplet est venu le voir.

Ακόμα και ο αργόστροφος υπάλληλος του γραφείου ήρθε να τον δει.

Il y avait deux ou trois amis d'autres entreprises.

Υπήρχαν δύο ή τρεις φίλοι από άλλες επιχειρήσεις.

Une des femmes de chambre d'un hôtel de province.

Μία από τις καμαριέρες ενός ξενοδοχείου στην επαρχία.

Un souvenir précieux et fugace auquel il s'efforçait de s'accrocher.

Μια αγαπημένη και φευγαλέα ανάμνηση που προσπαθούσε να κρατήσει.

Une caissière d'une chapellerie pour laquelle il avait des intentions.

Ένας ταμίας από ένα κατάστημα με καπέλα για τον οποίο είχε προθέσεις.

Mais il avait été un peu trop lent à obtenir son approbation.

Αλλά ήταν λίγο πολύ αργός για να κερδίσει την έγκρισή της.

Ils lui apparurent tous, mêlés à des inconnus.

Όλοι εμφανίστηκαν στις σκέψεις του, ανακατεμένοι με αγνώστους.

Et d'autres n'apparurent pas ; ils étaient déjà oubliés.

Και άλλοι δεν εμφανίστηκαν· είχαν ήδη ξεχαστεί.

Mais ils ne l'ont pas aidé, ni lui, ni sa famille.

Αλλά δεν τον βοήθησαν, ούτε την οικογένεια.

Ils étaient inaccessibles, et il était content quand ils sont partis.

Ήταν απρόσιτα, και χάρηκε όταν έφυγαν.

Il n'était pas toujours d'humeur à se soucier de sa famille.

Δεν είχε πάντα διάθεση να ανησυχεί για την οικογένεια.

Et il était rempli de rage à cause de ce manque d'attention.

Και γέμισε οργή από την έλλειψη προσοχής.

Et il ne pouvait imaginer rien qui puisse lui faire envie.

Και δεν μπορούσε να φανταστεί τίποτα για το οποίο να είχε όρεξη.

Mais il avait tout de même prévu de cambrioler le garde-manger.

Αλλά εξακολουθούσε να κάνει σχέδια για να εισβάλει στο ντουλάπι.

Et il allait prendre tout ce qui lui était dû.

Και επρόκειτο να πάρει όλα όσα του άξιζαν.

Sa sœur ne faisait plus aucun effort particulier pour lui.

Η αδελφή δεν κατέβαλε πλέον καμία ιδιαίτερη προσπάθεια γι' αυτόν.

Elle ne consacrait plus de temps à chercher à lui plaire.

Δεν αφιέρωνε πλέον χρόνο σκεπτόμενη πώς να τον ευχαριστήσει.

Avant d'aller travailler, elle a rapidement glissé de la nourriture dans la pièce.

Πριν από τη δουλειά, έφερε γρήγορα λίγο φαγητό στο δωμάτιο.

Et le soir venu, elle a rapidement ramassé les restes.

Και το βράδυ σκούπισε γρήγορα ξανά το φαγητό.
Elle ne faisait plus attention à savoir s'il avait mangé ou non.
Είτε είχε φάει είτε όχι, δεν το πρόσεχε πια.
Le plus souvent, la nourriture restait intacte.
Τις περισσότερες φορές πλέον το φαγητό έμενε ανέγγιχτο.
Elle continuait de traverser la pièce rapidement le soir.
Ακόμα και το βράδυ, σάρωσε γρήγορα το δωμάτιο.
Mais maintenant, elle se contentait du strict minimum, aussi vite que possible.
Αλλά τώρα έκανε το ελάχιστο δυνατό, όσο πιο γρήγορα μπορούσε.
Des traînées de saleté jonchaient les murs.
Λωρίδες χώματος έτρεχαν κατά μήκος των τοίχων.
Des boules de poussière et de détritus jonchaient le sol.
Μπάλες από σκόνη και σκουπίδια έμειναν πεσμένες στο πάτωμα.
Gregor manifesta son désapprobation face à son manque d'attention.
Ο Γκρέγκορ έδειξε την αποδοκιμασία του για την έλλειψη φροντίδας της.
Il se tourna selon un angle particulièrement significatif.
Γύρισε τον εαυτό του υπό μια ιδιαίτερα σημαντική γωνία.
Mais il aurait pu rester à ce poste pendant des semaines.
Αλλά θα μπορούσε να είχε μείνει στη θέση του για εβδομάδες.
Sa sœur n'aurait pas remarqué son mécontentement.
Η αδερφή του δεν θα είχε προσέξει τη δυσαρέσκειά του.
Elle voyait la saleté aussi bien que lui, voire mieux.
Έβλεπε τη βρωμιά εξίσου καλά με αυτόν, αν όχι καλύτερα.
Mais elle avait décidé de laisser la saleté où elle était.
Αλλά είχε αποφασίσει να αφήσει τη βρωμιά εκεί που ήταν.
À cette époque, elle a développé une sensibilité totalement nouvelle.
Εκείνη την εποχή υιοθέτησε μια εντελώς νέα ευαισθησία.
Elle s'était donné pour mission de nettoyer la chambre de Gregor.

Είχε κάνει το καθάρισμα του δωματίου του Γκρέγκορ δική της ευθύνη.

La famille a été touchée par sa gentillesse et sa prévenance.

Η οικογένεια συγκινήθηκε από την ευγενική της στοχαστικότητα.

Une fois, sa mère avait nettoyé sa chambre de fond en comble.

Κάποτε, η μητέρα είχε καθαρίσει σχολαστικά το δωμάτιό του.

Ce n'est qu'après avoir utilisé plusieurs seaux d'eau qu'elle a réussi.

Μόνο αφού χρησιμοποίησε μερικούς κουβάδες νερό τα κατάφερε.

Cependant, l'humidité nouvelle dans la pièce a nui à Gregor.

Ωστόσο, η καινούρια υγρασία στο δωμάτιο έβλαψε τον Γκρέγκορ.

Et il gisait, étendu de tout son long, amer et immobile sur le canapé.

Και ξάπλωσε πλατύς, πικραμένος και ακίνητος στον καναπέ.

Mais ce n'était que sa première punition pour avoir aidé.

Αλλά αυτή ήταν μόνο η πρώτη της τιμωρία για τη βοήθειά της.

La sœur remarqua rapidement le changement dans la chambre de Gregor.

Η αδελφή γρήγορα παρατήρησε την αλλαγή στο δωμάτιο του Γκρέγκορ.

Et elle s'est précipitée dans le salon, extrêmement insultée.

Και έτρεξε στο σαλόνι, εξαιρετικά προσβεβλημένη.

Sa mère leva les mains et tenta de la supplier.

Η μητέρα της σήκωσε τα χέρια της και προσπάθησε να την ικετέψει.

Mais malgré une explication sincère, elle a éclaté en sanglots.

Αλλά παρά την ειλικρινή εξήγηση, ξέσπασε σε κλάματα.

Le père, bien sûr, sursauta et se leva de sa chaise.

Ο πατέρας φυσικά ξαφνιάστηκε από την καρέκλα του.

Et les deux parents regardaient, stupéfaits et impuissants.

Και οι δύο γονείς παρακολουθούσαν έκπληκτοι και αβοήθητοι.

Et finalement, leurs émotions s'agitèrent elles aussi.

Και τελικά τα συναισθήματά τους ταράχτηκαν κι αυτά.

Le père a reproché à la mère ce qu'elle avait fait.

Ο πατέρας επιτίμησε τη μητέρα για αυτό που είχε κάνει.

« Tu aurais dû laisser la chambre à Grete pour qu'elle la nettoie. »

«Έπρεπε να είχες φύγει από το δωμάτιο για να καθαρίσει η Γκρέτε.»

Grete a crié sur sa mère parce qu'elle avait nettoyé sa chambre.

Η Γκρέτε φώναξε στη μητέρα επειδή καθάριζε το δωμάτιό του.

«Tu n'as plus jamais le droit de nettoyer sa chambre !»

«Δεν επιτρέπεται ποτέ ξανά να καθαρίσεις το δωμάτιό του!»

La mère a essayé d'entraîner le père dans la chambre.

Η μητέρα προσπάθησε να σύρει τον πατέρα στην κρεβατοκάμαρα.

La sœur resta seule dans la pièce, tremblante et sanglotant.

Η αδελφή έμεινε στο δωμάτιο, τρέμοντας και κλαίγοντας.

Et elle frappa la table avec ses petits poings.

Και χτύπησε το τραπέζι με τις μικρές της γροθιές.

Et Gregor siffla bruyamment de colère contre eux tous.

Και ο Γκρέγκορ σφύριξε δυνατά από θυμό προς όλους τους.

Pourquoi personne n'avait-il pensé à lui fermer la porte ?

Γιατί κανείς δεν είχε σκεφτεί να του κλείσει την πόρτα;

Ils auraient pu lui épargner ce spectacle et ce bruit.

Θα μπορούσαν να τον είχαν γλιτώσει από αυτό το θέαμα και τον θόρυβο.

Sa sœur était épuisée après être rentrée du travail.

Η αδελφή ήταν εξαντλημένη αφού γύρισε σπίτι από τη δουλειά.

Et s'occuper de Gregor représentait encore plus de travail pour elle.

Και η φροντίδα του Γκρέγκορ ήταν ακόμη μεγαλύτερη δουλειά για εκείνη.

Mais cela ne signifie pas que la mère aurait dû le faire.

Αλλά αυτό δεν σήμαινε ότι η μητέρα έπρεπε να το είχε κάνει.

Gregor, en revanche, ne doit pas être négligé.

Ο Γκρέγκορ, από την άλλη πλευρά, δεν πρέπει να παραμεληθεί.

Mais maintenant, ils avaient une nouvelle bonne qui pouvait faire ce genre de choses.

Αλλά τώρα είχαν μια καινούρια υπηρέτρια που μπορούσε να κάνει τέτοια πράγματα.

Une veuve âgée à la charpente osseuse robuste.

Μια ηλικιωμένη χήρα που είχε εύρωστη οστική δομή.

Une stature qui l'a aidée à survivre à sa vie difficile.

Ένα ανάστημα που τη βοήθησε να επιβιώσει στη δύσκολη ζωή της.

L'apparence de Gregor ne lui déplaisait pas vraiment.

Δεν έτρεφε καμία πραγματική αποστροφή για την εμφάνιση του Γκρέγκορ.

Elle avait ouvert la porte de la chambre de Gregor par inadvertance.

Είχε ανοίξει κατά λάθος την πόρτα του δωματίου του Γκρέγκορ.

Ce n'était pas par curiosité particulière à propos de la pièce.

Δεν ήταν από κάποια ιδιαίτερη περιέργεια για το δωμάτιο.

Elle faisait simplement son travail et a ouvert la porte par hasard.

Απλώς έκανε τη δουλειά της και έτυχε να ανοίξει την πόρτα.

Gregor, bien sûr, fut complètement surpris par elle.

Ο Γκρέγκορ, φυσικά, έμεινε εντελώς έκπληκτος από αυτήν.

Il n'était pas poursuivi, mais il courait d'avant en arrière.

Δεν τον κυνηγούσαν, αλλά έτρεχε πέρα δώθε.

Elle croisa simplement les bras et le regarda ramper.

Και απλώς σταύρωσε τα χέρια της και τον παρακολούθησε να σέρνεται.

Depuis lors, elle lui entrouvrait toujours un peu la porte.

Από τότε, πάντα του άνοιγε λίγο την πόρτα.

Un matin, elle a jeté un coup d'œil pour voir comment il allait.

Μια φορά το πρωί κοίταξε μέσα να δει πώς ήταν.

Et le soir, elle est allée prendre de ses nouvelles avant de partir.

Και το βράδυ τον έλεγξε, πριν φύγει.

Au début, elle a aussi essayé de l'appeler pour qu'il vienne la rejoindre.

Στην αρχή προσπάθησε επίσης να τον φωνάξει να έρθει κοντά της.

« Viens par ici, vieux bousier ! » disait-elle.

«Έλα εδώ, γερο-σκαθάρι της κοπριάς!» συνήθιζε να λέει.

Ou bien elle disait, amicalement : « Regardez ce vieux bousier ! »

Ή είπε, «κοίτα το γερο-σκαθάρι της κοπριάς!», φιλικά.

Gregor n'a jamais réagi lorsqu'on lui parlait de cette façon.

Ο Γκρέγκορ δεν αντέδρασε ποτέ όταν του μιλούσαν με αυτόν τον τρόπο.

Il resta là, immobile, et l'ignora.

Έμεινε εκεί, ακίνητος, και την αγνόησε.

« Si seulement on lui avait expliqué comment faire correctement son travail. »

«Μακάρι να της είχαν πει πώς να κάνει σωστά τη δουλειά της.»

« Au lieu de me déranger, elle devrait nettoyer ma chambre. »

«Αντί να με ενοχλεί, ας καθαρίσει το δωμάτιό μου.»

Tôt le matin, une forte pluie a frappé les fenêtres.

Μια φορά νωρίς το πρωί μια δυνατή βροχή χτύπησε τα παράθυρα.

Peut-être la pluie était-elle déjà un signe du printemps à venir.

Ίσως η βροχή να ήταν ήδη ένα σημάδι της ερχόμενης άνοιξης.

La bonne recommença à lui parler de cette façon.

Η υπηρέτρια άρχισε να του μιλάει ξανά με αυτόν τον τρόπο.

Gregor était tellement amer qu'il se tourna vers elle.

Ο Γκρέγκορ ήταν τόσο πικραμένος που γύρισε να την κοιτάξει.

Il était lent et infirme, mais c'était une sorte d'attaque.

Ήταν αργός και αδύναμος, αλλά ήταν ένα είδος επίθεσης.

La bonne, en revanche, n'avait absolument pas peur de Gregor.

Η υπηρέτρια, ωστόσο, δεν φοβόταν καθόλου τον Γκρέγκορ.

Au lieu de cela, elle souleva une chaise qui se trouvait près de la porte.

Αντ' αυτού, σήκωσε μια καρέκλα που ήταν κοντά στην πόρτα.

Et elle resta là, calmement, la bouche grande ouverte.

Και στάθηκε εκεί, ήρεμα, με το στόμα της ορθάνοιχτο.

Ses intentions étaient claires, même Gregor pouvait le voir.

Οι προθέσεις της ήταν σαφείς, ακόμη και ο Γκρέγκορ μπορούσε να το δει αυτό.

Et il se retourna lentement pour reprendre sa position initiale.

Και γύρισε αργά, στην αρχική του θέση.

« Donc vous ne voulez pas vous approcher davantage, n'est-ce pas ? »

«Άρα δεν θέλεις να πλησιάσεις περισσότερο, έτσι δεν είναι;»

Et elle remit discrètement la chaise dans le coin.

Και έβαλε ήσυχα την καρέκλα πίσω στη γωνία.

Gregor ne mangeait presque plus rien.

Ο Γκρέγκορ δεν έτρωγε σχεδόν τίποτα πια.

Parfois, lors de ses promenades dans la pièce, il s'arrêtait.

Μερικές φορές, καθώς περπατούσε μέσα στο δωμάτιο, σταματούσε.

Et il se retrouva à côté du repas qui lui avait été préparé.

Και βρέθηκε δίπλα στο φαγητό που του είχαν ετοιμάσει.

Il mit la nourriture dans sa bouche, mais seulement pour jouer avec.

Έβαζε το φαγητό στο στόμα του, αλλά μόνο για να παίξει μαζί του.

Et bien souvent, il le recrachait quelques heures plus tard.

Και αρκετά συχνά το έφτυνε ξανά μετά από μερικές ώρες.

Il essaya de trouver une raison à son manque d'appétit.

Προσπάθησε να βρει μια αιτία για την έλλειψη όρεξής του.

Peut-être parce qu'il était triste de l'état de sa chambre.

Ίσως επειδή ήταν λυπημένος για την κατάσταση του δωματίου του.

Mais il s'était fait à l'idée des changements survenus dans la pièce.

Αλλά είχε αποδεχτεί τις αλλαγές στο δωμάτιο.

Récemment, sa chambre était devenue une sorte de débarras.

Πρόσφατα το δωμάτιό του είχε μετατραπεί σε ένα είδος αποθήκης.

Ils avaient pris l'habitude de laisser des choses là.

Είχαν αποκτήσει τη συνήθεια να αφήνουν τα πράγματα εκεί.

Et il restait maintenant beaucoup de choses de ce genre dans sa chambre.

Και τώρα είχαν απομείνει πολλά τέτοια πράγματα στο δωμάτιό του.

Parce qu'une chambre de l'appartement avait été louée.

Επειδή ένα δωμάτιο του διαμερίσματος είχε ενοικιαστεί.

Trois messieurs sérieux louaient la chambre ensemble.

Τρεις ένθερμοι κύριοι νοίκιαζαν το δωμάτιο μαζί.

Gregor les avait aperçus un jour à travers une fente dans la porte.

Ο Γκρέγκορ τους πρόσεξε κάποτε μέσα από μια χαραμάδα στην πόρτα.

Ils portaient des barbes fournies et étaient habillés avec un soin méticuleux.

Είχαν πυκνά γένια και ήταν σχολαστικά ντυμένοι.

Ils étaient scrupuleux quant à la propreté des lieux.

Ήταν σχολαστικοί στο να διατηρούν τα πάντα τακτοποιημένα.

Leur obsession pour la propreté ne s'arrêtait pas à leur chambre.

Η επιμονή τους για τάξη δεν σταματούσε στο δωμάτιό τους.

L'appartement entier devait être maintenu d'une propreté impeccable.

Όλο το διαμέρισμα έπρεπε να διατηρείται απόλυτα καθαρό.

Ils étaient encore plus pointilleux sur l'apparence de la cuisine.

Ήταν ακόμη πιο σχολαστικοί με την εμφάνιση της κουζίνας.

Et ils ne supportaient aucun encombrement inutile.

Και δεν μπορούσαν να ανεχθούν καμία περιττή ακαταστασία.

Ils avaient également apporté leurs propres meubles.

Είχαν φέρει μαζί τους και τα δικά τους έπιπλα.

C'est pourquoi beaucoup de choses étaient devenues superflues.

Για αυτόν τον λόγο, πολλά πράγματα είχαν γίνει περιττά.

C'était des choses pour lesquelles personne n'aurait payé.

Ήταν πράγματα για τα οποία κανείς δεν θα πλήρωνε χρήματα.

Mais la famille ne voulait pas non plus se débarrasser de ces objets.

Αλλά ούτε η οικογένεια ήθελε να τα πετάξει.

Tous ces objets ont fini quelque part dans la chambre de Gregor.

Όλα αυτά πήγαν κάπου στο δωμάτιο του Γκρέγκορ.

Le cendrier de la cuisine se trouvait désormais dans sa chambre.

Το κουτί με τη στάχτη από την κουζίνα φυλασσόταν τώρα στο δωμάτιό του.

Et les ordures étaient entreposées dans sa chambre jusqu'au jour de la collecte.

Και τα σκουπίδια κρατήθηκαν στο δωμάτιό του μέχρι την ημέρα των σκουπιδιών.

La bonne a jeté dans sa chambre tout ce dont elle n'avait pas besoin.

Η καμαριέρα έριχνε ό,τι δεν χρειαζόταν στο δωμάτιό του.

Heureusement, il n'a vu que la main et l'objet.

Ευτυχώς δεν είδε τίποτα περισσότερο από το χέρι και το αντικείμενο.

Elle comptait probablement revenir chercher les affaires plus tard.

Πιθανότατα σκόπευε να επιστρέψει για τα πράγματα αργότερα.

Ou peut-être voulait-elle tout jeter d'un coup.

Ή ίσως ήθελε να τα πετάξει όλα μονομιάς.

Cependant, tout est resté là où il s'était initialement posé.

Ωστόσο, όλα παρέμειναν εκεί που είχαν αρχικά προσγειωθεί.

À moins que Gregor n'ait déplacé les débris en se faufilant à travers.

Εκτός κι αν ο Γκρέγκορ μετακίνησε τα άχρηστα αντικείμενα σκαρφαλώνοντας μέσα σε αυτά.

Au début, il a été obligé de ramper à travers tous les détritus.

Στην αρχή αναγκάστηκε να σέρνεται μέσα σε όλα τα σκουπίδια.

Il lui était impossible d'éviter cela.

Δεν υπήρχε καμία πιθανότητα να το αποφύγει.

Mais plus tard, il a finalement trouvé du plaisir dans cette activité.

Αλλά αργότερα βρήκε πραγματικά ευχαρίστηση σε αυτή τη δραστηριότητα.

Bien que ces efforts l'aient laissé triste et profondément fatigué.

Αν και μια τέτοια προσπάθεια τον άφησε λυπημένο και βαθιά κουρασμένο.

Et ensuite, il est resté incapable de bouger pendant de nombreuses heures.

Και μετά δεν μπορούσε να κινηθεί για πολλές ώρες.

Les locataires prenaient parfois leurs repas dans le salon.

Οι ένοικοι μερικές φορές έτρωγαν το γεύμα τους στο σαλόνι.

La porte du salon restait fermée ces soirs-là.

Η πόρτα του σαλονιού παρέμενε κλειστή εκείνα τα βράδια.

Mais Gregor n'avait aucune difficulté à ne pas ouvrir la porte à présent.

Αλλά ο Γκρέγκορ δεν δυσκολεύτηκε να μην ανοίξει την πόρτα τώρα.

Même lorsque la porte était ouverte, il ne regardait pas toujours dehors.

Ακόμα και όταν η πόρτα ήταν ανοιχτή, δεν κοίταζε πάντα έξω.

Mais il s'allongea dans le coin le plus sombre de la pièce.

Αλλά ξάπλωσε στην πιο σκοτεινή γωνιά του δωματίου.

La famille n'a pas non plus remarqué son manque d'attention.

Η οικογένεια δεν πρόσεξε ούτε την έλλειψη προσοχής του.

Mais une fois, la bonne a laissé la porte ouverte.

Αλλά υπήρξε μια φορά που η καμαριέρα άφησε την πόρτα ανοιχτή.

La porte est restée ouverte même au retour des locataires.

Η πόρτα παρέμεινε ανοιχτή ακόμα και όταν επέστρεψαν οι ένοικοι.

Et la porte était ouverte quand la lumière a été allumée.

Και η πόρτα ήταν ανοιχτή όταν άναψε το φως.

L'homme était assis à la table où la famille dînait.

Ο άντρας καθόταν στο τραπέζι όπου δειπνούσε η οικογένεια.

Autrefois, père, mère et Gregor étaient assis là.

Ο πατέρας, η μητέρα και ο Γκρέγκορ κάθονταν εκεί παλαιότερα.

Ils déplièrent les serviettes et prirent des couteaux et des fourchettes.

Ξεδίπλωσαν τις χαρτοπετσέτες και πήραν μαχαίρια και πιρούνια.

La mère apparut sur le seuil avec un bol de viande.

Η μητέρα εμφανίστηκε στην πόρτα με ένα μπολ με κρέας.

Puis sa sœur est entrée avec un bol plein de pommes de terre.

Έπειτα η αδελφή μπήκε μέσα με ένα μπολ γεμάτο πατάτες.

Les locataires se penchèrent sur les bols placés devant eux.

Οι ένοικοι έσκυψαν πάνω από τα μπολ που ήταν τοποθετημένα μπροστά τους.

L'épaisse fumée des aliments leur montait jusqu'au nez.

Ο πυκνός καπνός του φαγητού έφτανε μέχρι τις μύτες τους.

Mais ils n'avaient pas encore décidé s'ils allaient manger.

Αλλά δεν είχαν αποφασίσει ακόμα αν θα έτρωγαν το φαγητό.

Peut-être renverraient-ils le plat en cuisine.

Ίσως θα έστελναν το γεύμα πίσω στην κουζίνα.

L'homme assis au milieu semblait être l'autorité.

Ο άντρας που καθόταν στη μέση φαινόταν να είναι η αυθεντία.

Il a coupé la viande pour déterminer si elle était suffisamment tendre.

Έκοψε το κρέας για να διαπιστώσει αν ήταν αρκετά τρυφερό.

Il était satisfait de l'odeur et de l'apparence des aliments.

Ήταν ικανοποιημένος με το πώς μύριζε και φαινόταν το φαγητό.

La mère et la sœur les observaient avec anxiété.

Η μητέρα και η αδερφή τους παρακολουθούσαν με αγωνία.

Et ils commencèrent à sourire, poussant un soupir de soulagement accumulé.

Και άρχισαν να χαμογελούν με έναν αναστεναγμό ανακούφισης.

La famille allait elle-même manger dans la cuisine.

Η ίδια η οικογένεια επρόκειτο να φάει στην κουζίνα.

Mais avant cela, le père alla voir comment allaient les locataires.

Αλλά πρώτα ο πατέρας πήγε να ελέγξει τους ενοίκους.

Il s'inclina une fois, tenant sa casquette de travail à la main.

Υποκλίθηκε μία φορά, κρατώντας στο χέρι του το καπέλο του από τη δουλειά.

Et il fit le tour de la table, saluant chaque invité.

Και περπάτησε σε κύκλο γύρω από το τραπέζι, προς κάθε καλεσμένο

Les locataires se levèrent tous en marmonnant dans leur barbe.

Όλοι οι ένοικοι σηκώθηκαν όρθιοι, μουρμουρίζοντας μέσα στα γένια τους.

Après son départ, ils mangèrent dans un silence presque complet.

Αφού έφυγε, έφαγαν σχεδόν σε απόλυτη σιωπή.

Gregor trouvait étrange d'entendre des bruits de mastication.

Στον Γκρέγκορ φαινόταν παράξενο που άκουγε να μασάει.

Aucun autre aspect du repas ne semblait produire le moindre son.

Καμία άλλη πτυχή του φαγητού δεν φαινόταν να βγάζει κανέναν ήχο.

Mais il pouvait distinctement entendre des dents grincer.

Αλλά άκουγε καθαρά τα δόντια του να τρίζουν μεταξύ τους.

Ils semblaient lui dire qu'il avait besoin de dents pour manger.

Φαινόταν να του λέγουν ότι χρειαζόταν δόντια για να φάει.

« On ne peut rien faire si on n'a plus de dents dans la mâchoire. »

«Δεν μπορείς να κάνεις τίποτα αν τα σαγόνια σου είναι χωρίς δόντια.»

« J'aimerais manger quelque chose », dit Gregor avec anxiété.

«Θα ήθελα να φάω κάτι», είπε ανήσυχα ο Γκρέγκορ.

« Mais je n'ai aucun appétit pour ce que vous mangez tous. »

«Αλλά δεν έχω καμία όρεξη για ό,τι τρώτε όλοι σας.»

« Regardez ces locataires manger, et moi je meurs de faim. »

«Κοιτάξτε αυτούς τους ενοικιαστές πώς τρώνε, κι εγώ εδώ λιμοκτονώ.»

Ce soir-là, Gregor pensait justement au violon.

Ο Γκρέγκορ έτυχε να σκεφτεί το βιολί εκείνο το βράδυ.

Il n'avait plus entendu le violon depuis la transformation.

Δεν είχε ακούσει το βιολί από τότε που έγινε η μεταμόρφωση.

Mais ce soir-là, un bruit est venu de la cuisine.

Αλλά τότε, εκείνο το βράδυ, ένας ήχος ακούστηκε από την κουζίνα.

Les messieurs avaient déjà terminé leur repas du soir.

Οι κύριοι είχαν ήδη τελειώσει το βραδινό τους γεύμα.

L'homme du milieu avait commencé à lire un journal.

Ο μεσαίος κύριος είχε αρχίσει να διαβάζει μια εφημερίδα.

Il avait donné une feuille à chacun des deux autres messieurs.

Είχε δώσει στους άλλους δύο κυρίους από ένα σεντόνι στον καθένα.

Et maintenant, ils étaient affalés en arrière, en train de lire et de fumer.

Και τώρα έγερναν προς τα πίσω, διάβαζαν και κάπνιζαν.

Lorsque le violon commença à jouer, ils devinrent attentifs.

Όταν άρχισε να παίζει το βιολί, έγιναν προσεκτικοί.

Ils se levèrent et marchèrent sur la pointe des pieds jusqu'à la porte de l'antichambre.

Σηκώθηκαν και περπάτησαν στις μύτες των ποδιών τους προς την πόρτα του προθαλάμου.

Ils se tenaient là, blottis les uns contre les autres, écoutant à la porte.

Στέκονταν εδώ, στριμωγμένοι ο ένας στον άλλον, ακούγοντας στην πόρτα.

La famille a dû entendre les hommes qui étaient dans la cuisine.

Η οικογένεια πρέπει να άκουσε τους άντρες από την κουζίνα.

Car le père les appela et leur demanda :

Επειδή ο πατέρας τους φώναξε και τους ρώτησε·

« Le violon ne serait-il pas inconfortable pour ces messieurs ? »

«Μήπως το βιολί είναι άβολο για τους κυρίους;»
« Si la musique ne vous plaît pas, on peut s'arrêter immédiatement. »
«Αν δεν σας αρέσει η μουσική, μπορούμε να σταματήσουμε αμέσως.»
« Au contraire », dit celui du milieu des messieurs.
«Αντιθέτως», είπε ο μεσαίος από τους κυρίους.
« La jeune fille aimerait-elle jouer du violon dans notre chambre ? »
«Θα ήθελε η νεαρή κυρία να παίξει βιολί στο δωμάτιό μας;»
« C'est nettement plus confortable et chaleureux ici. »
«Είναι σίγουρα πολύ πιο άνετα και ζεστά εδώ.»
Le père répondit comme s'il était lui-même le violoniste.
Ο πατέρας απάντησε σαν να ήταν ο ίδιος ο βιολιστής.
« Oh, je vous en prie, ce serait merveilleux », s'écria le père.
«Ω, παρακαλώ, αυτό θα ήταν υπέροχο», φώναξε ο πατέρας.
Les messieurs retournèrent au salon et attendirent.
Οι κύριοι επέστρεψαν στο σαλόνι και περίμεναν.
Peu après, le père entra dans la pièce avec le pupitre.
Σύντομα ο πατέρας μπήκε στο δωμάτιο με το αναλόγιο.
La mère entra dans la pièce avec le livre de musique.
Η μητέρα μπήκε στο δωμάτιο με το μουσικό βιβλίο.
Et la sœur entra dans la pièce avec le violon.
Και η αδερφή μπήκε στο δωμάτιο με το βιολί.
Elle a calmement tout préparé pour jouer du violon.
Προετοίμασε ήρεμα τα πάντα για να παίξει βιολί.
Les parents exagéraient leur politesse et leurs bonnes manières.
Οι γονείς υπερέβαλαν την ευγένεια και τους τρόπους τους.
Ils n'avaient jamais loué de chambres à des locataires auparavant.
Δεν είχαν νοικιάσει ποτέ δωμάτια σε ενοίκους πριν.
Et ils n'osaient même pas s'asseoir sur leurs propres chaises.
Και δεν τολμούσαν καν να καθίσουν στις δικές τους καρέκλες.
Au lieu de s'asseoir, le père s'appuya contre la porte.
Αντί να καθίσει, ο πατέρας έγειρε στην πόρτα.

Sa main droite était coincée entre deux boutons de son manteau.

Το δεξί του χέρι ήταν ανάμεσα σε δύο κουμπιά του παλτού του.

Un monsieur a toutefois offert une chaise à la mère.

Στη μητέρα, ωστόσο, προσφέρθηκε μια καρέκλα από έναν κύριο.

Mais elle s'assit là où le monsieur avait placé la chaise.

Αλλά κάθισε εκεί που ο κύριος είχε τοποθετήσει την καρέκλα.

Et il n'avait pas placé la chaise à un endroit précis.

Και δεν είχε τοποθετήσει την καρέκλα πουθενά συγκεκριμένα.

La mère s'assit donc à l'écart de tout le monde, dans un coin.

Έτσι η μητέρα κάθισε μακριά από όλους, σε μια γωνία.

Et finalement, la sœur s'est mise à jouer du violon.

Και τελικά η αδερφή άρχισε να παίζει βιολί.

Les parents, placés de part et d'autre, suivaient attentivement.

Οι γονείς, στις αντίθετες πλευρές, έδωσαν ιδιαίτερη προσοχή.

Et ils observaient attentivement chacun des mouvements de sa main.

Και παρακολουθούσαν προσεκτικά κάθε κίνηση του χεριού της.

Gregor était également attiré par le jeu du violon.

Ο Γκρέγκορ έλκονταν επίσης από το παίξιμο του βιολιού.

Et il s'aventura un peu plus loin hors de sa chambre.

Και βγήκε από το δωμάτιό του λίγο πιο πέρα.

Il avait déjà la tête dans le salon.

Ήταν ήδη με το κεφάλι του μέσα στο σαλόνι.

Il était très fier d'être très attentionné.

Συνήθιζε να είναι πολύ περήφανος που ήταν πολύ διακριτικός.

Mais récemment, il ne remettait guère en question son manque d'attention.

Αλλά πρόσφατα δεν αμφισβήτησε σχεδόν καθόλου την έλλειψη φροντίδας του.

Même s'il avait maintenant plus de raisons de se cacher qu'auparavant.

Ακόμα κι αν είχε περισσότερους λόγους να κρυφτεί τώρα από ό,τι πριν.

Parce que sa chambre était recouverte de poussière et de saletés diverses.

Επειδή το δωμάτιό του ήταν καλυμμένο με σκόνη και διάφορα χώματα.

Le moindre mouvement soulevait toutes sortes d'immondices.

Η παραμικρή κίνηση ανακάτευε κάθε είδους βρωμιά.

Toute cette saleté lui collait à la peau : poussière, cheveux, restes de nourriture.

Όλη αυτή η βρωμιά του κόλλησε· σκόνη, μαλλιά, υπολείμματα φαγητού.

Il aurait pu frotter la saleté contre le tapis.

Θα μπορούσε να είχε τρίψει τη βρωμιά από το χαλί.

C'était quelque chose qu'il faisait plusieurs fois par jour.

Αυτό ήταν κάτι που συνήθιζε να κάνει αρκετές φορές την ημέρα.

Mais son indifférence à tout était bien trop grande.

Αλλά η αδιαφορία του για τα πάντα ήταν υπερβολικά μεγάλη.

Il n'avait donc pas peur d'aller un peu plus loin.

Έτσι δεν φοβόταν να προχωρήσει λίγο παραπέρα.

Et il s'est installé sur le sol impeccable du salon.

Και μετακινήθηκε στο άψογο πάτωμα του σαλονιού.

Cependant, personne ne l'a remarqué, ni ne lui a prêté attention.

Ωστόσο, κανείς δεν του έδωσε σημασία, ούτε τον πρόσεξε.

La famille était complètement absorbée par le concert.

Η οικογένεια ήταν απόλυτα απορροφημένη στη συναυλία.

Les messieurs, quant à eux, ont d'abord battu en retraite.

Οι κύριοι, από την άλλη πλευρά, αρχικά υποχώρησαν.

Et ils se tenaient tout près, derrière le pupitre de la sœur.

Και στάθηκαν κοντά, πίσω από το αναλόγιο της αδερφής.

S'ils avaient regardé, ils auraient pu voir les notes de musique.

Αν είχαν κοιτάξει, θα μπορούσαν να δουν τις μουσικές νότες.

Cela aurait évidemment perturbé la sœur.

Αυτό, φυσικά, θα είχε ενοχλήσει την αδερφή.

Alors, au lieu de s'asseoir, ils restèrent debout près de la fenêtre.

Έπειτα στάθηκαν δίπλα στο παράθυρο, αντί να καθίσουν.

Les mains dans les poches, ils continuaient à parler.

Με τα χέρια στις τσέπες τους συνέχιζαν να μιλάνε.

Ils restèrent là tandis que le père les observait avec anxiété.

Έμειναν εκεί ενώ ο πατέρας παρακολουθούσε με αγωνία.

On avait l'impression qu'ils avaient d'autres attentes.

Κάποιος είχε την εντύπωση ότι είχαν άλλες προσδοκίες.

Et il semblait vraiment qu'ils avaient été déçus.

Και φαινόταν πραγματικά σαν να είχαν απογοητευτεί.

Il semblait qu'ils en avaient assez du spectacle.

Φαινόταν σαν να είχαν χορτάσει την παράσταση.

Ils avaient laissé le violon troubler leur tranquillité.

Είχαν επιτρέψει στο βιολί να διαταράξει την ησυχία τους.

Et ils ne toléraient la musique que par politesse.

Και ανέχονταν τη μουσική μόνο από ευγένεια.

La façon dont ils ont dissipé la fumée était particulièrement troublante.

Ο τρόπος με τον οποίο φύσηξαν τον καπνό ήταν ιδιαίτερα ανησυχητικός.

Et pourtant, elle jouait du violon avec une telle beauté.

Κι όμως έπαιζε βιολί τόσο όμορφα.

Son visage était légèrement incliné sur le côté, sur le violon.

Το πρόσωπό της ήταν γερμένο απαλά στο πλάι, πάνω στο βιολί.

Son regard parcourait tristement les lignes de la musique.

Τα μάτια της έψαχναν με θλίψη τις μουσικές γραμμές.

Gregor se sentait un peu plus attiré par le salon.

Ο Γκρέγκορ ένιωσε να τον τραβούν λίγο περισσότερο οι ώμοι του στο σαλόνι.

Il gardait la tête près du sol, mais regardait vers le haut.

Κρατούσε το κεφάλι του κοντά στο έδαφος, αλλά κοίταζε ψηλά.

Peut-être que de cette façon, le regard de sa sœur croiserait le sien.

Ίσως έτσι το βλέμμα της αδερφής του να συναντήσει τα μάτια του.

Peut-on vraiment dire qu'il n'était qu'un animal ?

Μπορεί όντως να ειπωθεί ότι ήταν απλώς ένα ζώο;

Était-il un animal si la musique pouvait le captiver à ce point ?

Ήταν άραγε ζώο αν η μουσική μπορούσε να τον μαγέψει τόσο πολύ;

Il avait l'impression qu'on lui montrait un chemin vers une nourriture inconnue.

Ένιωθε σαν να του είχαν δείξει ένα μονοπάτι προς άγνωστη τροφή.

C'était peut-être là le réconfort qui lui manquait.

Ίσως αυτή να ήταν η τροφή που του έλειπε.

Il était déterminé à rejoindre sa sœur.

Ήταν αποφασισμένος να πλησιάσει την αδερφή του.

Il avait envie de tirer sur sa jupe pour attirer son attention.

Ήθελε να τραβήξει τη φούστα της για να τραβήξει την προσοχή της.

Il voulait lui faire comprendre qu'il l'invitait.

Ήθελε να της δώσει μια ένδειξη για μια πρόσκληση.

« Viens jouer du violon dans ma chambre », aurait-il voulu dire.

«Έλα να παίξεις βιολί στο δωμάτιό μου», ήθελε να πει.

Il souhaitait qu'elle soit récompensée pour sa magnifique musique.

Ήθελε να ανταμειφθεί για την όμορφη μουσική της.

« Personne ici ne te récompense pour jouer du violon. »

«Κανείς εδώ δεν σε ανταμείβει επειδή παίζεις βιολί.»

Il ne voulait plus la laisser sortir de sa chambre.

Δεν ήθελε πια να την αφήσει να βγει από το δωμάτιό του.

Il voulait qu'elle reste avec lui aussi longtemps qu'il vivrait.

Ήθελε να μείνει μαζί του για όσο ζούσε.

Pour la première fois, sa transformation eut un avantage.

Για πρώτη φορά η μεταμόρφωσή του είχε κάποιο όφελος.

Sa difformité allait enfin lui être utile.

Η παραμόρφωσή του επρόκειτο επιτέλους να του γίνει χρήσιμη.

Il voulait être présent simultanément aux quatre portes.

Ήθελε να βρίσκεται και στις τέσσερις πόρτες ταυτόχρονα.

Il avait envie de les siffler et de leur cracher dessus de tous les côtés.

Ήθελε να σφυρίξει και να τους φτύσει από κάθε γωνία.

Sa sœur ne devrait pas être forcée de rester avec lui.

Η αδερφή του δεν πρέπει να αναγκαστεί να μείνει μαζί του.

Il voulait qu'elle choisisse volontairement de rester avec lui.

Ήθελε να επιλέξει να μείνει μαζί του οικειοθελώς.

Elle allait s'asseoir à côté de lui et se pencher vers lui.

Ετοιμαζόταν να καθίσει δίπλα του και να σκύψει προς το μέρος του.

Et il allait lui parler de l'école de musique.

Και επρόκειτο να της πει για τη μουσική σχολή.

Il avait la ferme intention de l'envoyer à l'académie.

Είχε την ακλόνητη πρόθεση να την στείλει στην ακαδημία.

Il en aurait parlé à tout le monde à Noël dernier.

Θα είχε πει σε όλους για αυτά τα περασμένα Χριστούγεννα.

Noël était-il déjà passé ?

Μήπως τα Χριστούγεννα είχαν έρθει και είχαν περάσει ξανά;

Et il n'aurait laissé personne le dissuader.

Και δεν θα άφηνε κανέναν να τον αποτρέψει από αυτό.

Mais un accident malheureux a tout arrêté.

Αλλά τότε το άτυχο ατύχημα σταμάτησε τα πάντα.

La sœur aurait été submergée par l'émotion.

Η αδελφή θα είχε κατακλυστεί από συγκίνηση.

Et Gregor aurait alors grimpé jusqu'à son épaule.

Και τότε ο Γκρέγκορ θα είχε σκαρφαλώσει στον ώμο της.

Et il l'aurait réconfortée en l'embrassant dans le cou.

Και θα την είχε παρηγορήσει φιλώντας την στο λαιμό.

« Monsieur Samsa ! » appela l'homme au milieu au père.

«Κύριε Σάμσα!» φώναξε ο άντρας στη μέση στον πατέρα.

Il pointait Gregor du doigt.

Έδειχνε με τον δείκτη του προς τα κάτω τον Γκρέγκορ.

Gregor traversait lentement le salon.

Ο Γκρέγκορ κινούνταν αργά στο πάτωμα του σαλονιού.

Le jeu du violon s'est très vite tu.

Το παίξιμο του βιολιού πολύ γρήγορα σίγησε.

Celui du milieu sourit à ses amis.

Ο μεσαίος από τους τρεις άντρες χαμογέλασε στους φίλους του.

Puis il secoua la tête et regarda Gregor.

Έπειτα κούνησε το κεφάλι του και κοίταξε ξανά τον Γκρέγκορ.

Le père aurait pu forcer Gregor à retourner dans sa chambre.

Ο πατέρας θα μπορούσε να είχε αναγκάσει τον Γκρέγκορ να επιστρέψει στο δωμάτιό του.

Mais ce n'était pas la première action qu'il décida d'entreprendre.

Αλλά αυτή δεν ήταν η πρώτη ενέργεια που αποφάσισε.

Il estimait qu'il était plus important de calmer ces messieurs.

Θεώρησε πιο σημαντικό να ηρεμήσει τους κυρίους.

Bien qu'ils ne fussent pas vraiment contrariés par Gregor.

Αν και στην πραγματικότητα δεν τους αναστάτωσε καθόλου ο Γκρέγκορ.

Gregor semblait plus divertissant que le jeu de violon.

Ο Γκρέγκορ φαινόταν πιο διασκεδαστικός από το παίξιμο του βιολιού.

Il s'est précipité vers eux, les bras tendus.

Έτρεξε προς το μέρος τους με τα χέρια του απλωμένα.

Il faisait de son mieux pour leur cacher la vue de Gregor.

Προσπαθούσε όσο καλύτερα μπορούσε να κρύψει την άποψή τους για τον Γκρέγκορ.

Et il a essayé de les faire retourner dans leur chambre.

Και προσπάθησε να τους ενθαρρύνει να επιστρέψουν στο δωμάτιό τους.

Au contraire, cela les a un peu agacés.

Αν μη τι άλλο, αυτό τους έκανε λίγο ενοχλημένους.

Mais il était difficile de dire exactement ce qui les agaçait.

Αλλά ήταν δύσκολο να πει κανείς τι ακριβώς τους ενοχλούσε.

Le père gâchait le divertissement de la soirée.

Ο πατέρας χαλούσε τη διασκέδαση της βραδιάς.

Mais ils venaient aussi d'apprendre l'existence de leur nouveau colocataire.

Αλλά μόλις είχαν μάθει για τον νέο τους συγκάτοικο.

Ils levèrent les mains comme l'avait fait leur père.

Σήκωσαν τα χέρια τους ακριβώς όπως είχε κάνει ο πατέρας.

Ils ont exigé une explication immédiate du père.

Απαίτησαν άμεσες εξηγήσεις από τον πατέρα.

Ils tiraient nerveusement sur leur barbe, cherchant une réponse.

Τραβούσαν ανήσυχα τα γένια τους για να βρουν απάντηση.

Et ils reculèrent jusqu'à leur chambre, mais très lentement.

Και κινήθηκαν προς τα πίσω στο δωμάτιό τους, αλλά πολύ αργά.

L'interruption avait plongé la sœur dans une sorte de transe.

Η διακοπή είχε φέρει την αδερφή σε έκσταση.

Elle laissa pendre le violon et l'archet le long de son corps.

Άφησε το βιολί και το δοξάρι να κρέμονται στο πλευρό της.

Et elle regarda la partition comme si elle jouait encore.

Και κοίταξε την παρτιτούρα σαν να έπαιζε ακόμα.

Mais soudain, elle est revenue dans la pièce.

Αλλά ξαφνικά τράβηξε τον εαυτό της πίσω στο δωμάτιο.

Et elle avait désormais surmonté le sentiment d'être perdue.

Και τώρα είχε ξεπεράσει το συναίσθημα της απώλειας.

Elle a posé l'instrument de musique sur les genoux de sa mère.

Έβαλε το μουσικό όργανο στην αγκαλιά της μητέρας της.

La mère était assise sur la chaise, respirant bruyamment.

Η μητέρα καθόταν στην καρέκλα και ανέπνεε βαριά.

Et puis la sœur a dû courir dans la pièce voisine.

Και τότε η αδερφή αναγκάστηκε να τρέξει στο διπλανό δωμάτιο.

Elle devait tout préparer pour les messieurs.

Έπρεπε να τα ετοιμάσει όλα για τους κυρίους.

Elle a jeté les couvertures et les coussins en l'air.

Πέταξε τις κουβέρτες και τα μαξιλάρια στον αέρα.

Et de ses mains expertes, elle a disposé toute la literie.

Και με τα επιδέξια χέρια της ετοίμασε όλα τα κλινοσκεπάσματα.

Elle avait terminé avant que les messieurs n'atteignent la pièce.

Τελείωσε πριν φτάσουν οι κύριοι στο δωμάτιο.

Et elle s'est éclipsée avant de les gêner.

Και ξέφυγε πριν μπει στο δρόμο τους.

Le père semblait prisonnier de son propre entêtement.

Ο πατέρας φαινόταν να έχει κυριευτεί από το δικό του πείσμα.

Et il oublia ainsi tout le respect qu'il devait à ses locataires.

Και έτσι ξέχασε όλο τον σεβασμό που όφειλε στους ενοικιαστές του.

Il a insisté sans relâche jusqu'à ce que leur porte-parole s'y oppose.

Έσπρωχνε και έσπρωχνε μέχρι που ο εκπρόσωπός τους έφερε αντίρρηση.

Il a tapé du pied avec colère en arrivant à la porte.

Χτύπησε θυμωμένα το πόδι του όταν έφτασε στην πόρτα.

Et c'est ainsi qu'il immobilisa le père.

Και έτσι έφερε τον πατέρα σε αδιέξοδο.

« Par la présente, je déclare », commença-t-il en s'adressant à son propriétaire.

«Δηλώνω με το παρόν», άρχισε να απευθύνεται στον σπιτονοικοκύρη του.

Et il leva la main, regardant toute la famille.

Και σήκωσε το χέρι του, κοιτάζοντας όλη την οικογένεια.

« En ce qui concerne l'état répugnant de la chambre ; »

«Σχετικά με τις αηδιαστικές συνθήκες του δωματίου;»

Et il s'assurait que tous écoutaient ses paroles.

Και φρόντιζε να ακούσουν όλοι τα λόγια του.

« Par la présente, je vous informe que je vais libérer ma chambre. »

«Με την παρούσα σας ενημερώνω ότι θα εκκενώσω το δωμάτιό μου.»

Et il a appuyé son propos en crachant par terre.

Και περαιτέρω τόνισε το επιχείρημά του φτύνοντας στο έδαφος.

« Je ne paierai pas non plus pour les jours que j'ai passés ici. »

«Ούτε θα πληρώσω για τις μέρες που έζησα εδώ.»

Il n'était cependant pas entièrement satisfait de ce remboursement.

Ωστόσο, δεν ήταν απόλυτα ικανοποιημένος με αυτήν την επιστροφή χρημάτων.

« Et j'envisagerai de formuler d'autres demandes à votre encontre. »

«Και θα εξετάσω το ενδεχόμενο να υποβάλω και άλλες απαιτήσεις εναντίον σας.»

« Croyez-moi, de telles demandes seront très faciles à justifier. »

«Πιστέψτε με, τέτοιες απαιτήσεις θα είναι πολύ εύκολο να δικαιολογηθούν.»

Il resta silencieux et regarda droit devant lui, vers son père.

Ήταν σιωπηλός και κοίταξε ευθεία μπροστά, τον πατέρα.

Il semblait s'attendre à ce qu'il se passe quelque chose de plus.

Φαινόταν να περιμένει κάτι περισσότερο να συμβεί.

En fait, ses deux amis ont immédiatement eu la même idée.

Στην πραγματικότητα, οι δύο φίλοι του είχαν αμέσως την ίδια ιδέα.

« Nous annulons également nos réservations de chambres », ont-ils déclaré à l'unisson.

«Ακυρώνουμε επίσης τα δωμάτιά μας», είπαν με μια φωνή.

Il a alors saisi la poignée de la porte et l'a fermée.

Έπειτα άρπαξε τη λαβή της πόρτας και την έκλεισε.

Et dans un grand fracas, ils s'enfermèrent dans leur chambre.

Και με ένα δυνατό κρότο κλείστηκαν στο δωμάτιό τους.

Le père s'est dirigé en titubant vers sa chaise, les mains tâtonnantes.

Ο πατέρας παραπατούσε προς την καρέκλα του ψαχουλεύοντας τα χέρια του.

Et il se laissa tomber sur la chaise, vaincu.

Και άφησε τον εαυτό του να πέσει στην καρέκλα, ηττημένος.

On aurait dit qu'il allait faire sa sieste habituelle du soir.

Έμοιαζε σαν να πήγαινε για τον συνηθισμένο του βραδινό υπνάκο.

Mais sa tête hocha presque comme si elle n'était pas soutenue.

Αλλά το κεφάλι του κούνησε καταφατικά σχεδόν σαν να μην το στηρίζει κανείς.

Et on pouvait voir qu'il ne dormait pas du tout.

Και ήταν φανερό ότι δεν κοιμόταν καθόλου.

Durant tout ce temps, Gregor n'avait pas bougé de sa place.

Σε όλο αυτό το διάστημα ο Γκρέγκορ δεν είχε κουνηθεί από τη θέση του.

Il était toujours là où les messieurs l'avaient aperçu pour la première fois.

Βρισκόταν ακόμα εκεί που τον είχαν δει για πρώτη φορά οι κύριοι.

Même s'il avait voulu déménager, il trouvait cela impossible.

Ακόμα κι αν ήθελε να κινηθεί, το έβρισκε αδύνατο.

À cause de sa déception, ou à cause de sa faim.

Λόγω της απογοήτευσής του, ή λόγω της πείνας του.

Il était déçu par l'échec de son plan.

Απογοητεύτηκε από την αποτυχία του σχεδίου του.

Et il était affaibli par la faim persistante qu'il ressentait.

Και ήταν αδύναμος από την παρατεταμένη πείνα που ένιωθε.

Il était certain que tout le monde se retournerait contre lui à tout moment.

Ήταν σίγουρος ότι όλοι θα στραφούν εναντίον του ανά πάσα στιγμή.

C'est avec cette certitude d'un effondrement imminent qu'il attendit.

Με αυτή την προσδοκία της επικείμενης κατάρρευσης περίμενε.

Le violon commença à glisser des genoux de sa mère.

Το βιολί άρχισε να γλιστράει από την αγκαλιά της μητέρας.

Dans un fracas retentissant, le violon tomba au sol.

Με έναν ηχηρό ήχο το βιολί έπεσε στο έδαφος.

Mais même ce bruit soudain et fracassant ne l'a pas surpris.

Αλλά ούτε καν αυτός ο ξαφνικός ήχος κρότου τον τρόμαξε.

« Chers parents, dit la sœur, cela ne peut pas continuer. »

«Αγαπητοί γονείς», είπε η αδελφή, «αυτό δεν μπορεί να συνεχιστεί».

Et elle a frappé du poing sur la table pour appuyer ses propos.

Και χτύπησε το χέρι της στο τραπέζι για να εξηγήσει το επιχείρημά της.

« Je ne prononcerai pas le nom de mon frère devant ce monstre. »

«Δεν θα πω το όνομα του αδερφού μου μπροστά σε αυτό το τέρας.»

« C'est pourquoi je le dis aussi crûment que possible : »

«Γι' αυτό το λέω όσο πιο ευθέως μπορώ:»

«Nous n'avons pas d'autre choix que de nous débarrasser de cet animal.»

«Δεν έχουμε άλλη επιλογή από το να ξεφορτωθούμε αυτό το ζώο».

« Nous avons fait de notre mieux pour tolérer et prendre soin de cet animal. »

«Κάναμε ό,τι καλύτερο μπορούσαμε για να ανεχτούμε και να φροντίσουμε αυτό το ζώο».

« Je ne pense pas que quiconque puisse nous blâmer, même légèrement. »

«Δεν νομίζω ότι μπορεί κανείς να μας κατηγορήσει στο ελάχιστο».

« Elle a mille fois raison », a acquiescé le père.

«Έχει χίλιες φορές δίκιο», συμφώνησε ο πατέρας.

La mère n'avait pas encore complètement repris son souffle.

Η μητέρα δεν είχε ακόμη ανακτήσει πλήρως την αναπνοή της.

Elle se mit à tousser sourdement dans sa main, la respiration lourde.

Άρχισε να βήχει μουντά στο χέρι της, αναπνέοντας βαριά.

Et une expression de folie commença à apparaître dans ses yeux.

Και μια παράλογη έκφραση άρχισε να διαγράφεται στα μάτια της.

La sœur s'est précipitée vers sa mère et lui a pris le front.

Η αδερφή έτρεξε στη μητέρα της και την έπιασε στο μέτωπο.

Les paroles de la sœur semblaient inspirer le père.

Ο πατέρας φάνηκε να εμπνέεται από τα λόγια της αδερφής.

Et ses pensées semblaient plus claires qu'auparavant.

Και οι σκέψεις του φαινόταν πιο καθαρές από πριν.

Il cessa d'acquiescer et se redressa.

Σταμάτησε να κουνάει καταφατικά το κεφάλι του και κάθισε ξανά όρθιος.

Et il jouait avec la casquette de son serviteur, plongé dans ses pensées.

Και έπαιζε με το καπέλο του υπηρέτη του, βυθισμένος στις σκέψεις του.

Les assiettes des locataires étaient encore sur la table.

Τα πιάτα από τους ενοίκους ήταν ακόμα στο τραπέζι.

Et il regardait parfois vers Gregor, qui restait silencieux.

Και μερικές φορές κοίταζε προς τον σιωπηλό Γκρέγκορ.

« Nous devons essayer de nous en débarrasser », lui dit sa sœur.

«Πρέπει να προσπαθήσουμε να το ξεφορτωθούμε», του είπε η αδερφή.

La mère était trop occupée à tousser pour écouter.

Η μητέρα ήταν πολύ απασχολημένη με τον βήχα για να ακούσει.

« Ça va vous tuer tous les deux, je le vois déjà venir. »

«Θα σας σκοτώσει και τους δύο, το βλέπω ήδη να έρχεται.»

«Nous ne pouvons pas tous continuer à travailler aussi dur que nous le faisons.»

«Δεν μπορούμε όλοι να συνεχίσουμε να εργαζόμαστε τόσο σκληρά όσο δουλεύουμε».

« Et chaque jour, nous devons rentrer chez nous et subir ce supplice. »

«Και κάθε μέρα πρέπει να επιστρέφουμε σπίτι και να βιώνουμε αυτό το μαρτύριο.»

« Nous n'en pouvons plus. Je n'en peux plus. »

«Δεν μπορούμε να το αντέξουμε άλλο. Δεν μπορώ να το αντέξω.»

Elle s'est effondrée dans les bras de sa mère, en larmes une dernière fois.

Έπεσε πάνω στη μητέρα της σε μια τελευταία έκρηξη δακρύων.

Les larmes coulèrent sur son visage et sur celui de sa mère.

Τα δάκρυα έπεσαν στο πρόσωπό της και στο πρόσωπο της μητέρας της.

Et elle essuya ses larmes d'un geste machinal.

Και σκούπισε τα δάκρυα με μια μηχανική κίνηση.

« Mon enfant », dit le père d'une voix compatissante.

«Παιδί μου», είπε ο πατέρας με συμπονετική φωνή.

Il y avait une profonde sympathie et une grande compréhension dans sa voix.

Υπήρχε βαθιά συμπάθεια και κατανόηση στη φωνή του.

« Mais que devons-nous faire ? » avoua-t-il ne pas savoir.

«Αλλά τι πρέπει να κάνουμε;» ομολόγησε ότι δεν ήξερε.

La sœur haussa simplement les épaules, impuissante.

Η αδελφή απλώς σήκωσε τους ώμους της από αδυναμία.

Et sa confiance d'antan fit de nouveau place aux larmes.

Και η προηγούμενη αυτοπεποίθησή της αντικαταστάθηκε ξανά από δάκρυα.

« Si seulement il nous comprenait », dit le père à voix haute.

«Μακάρι να μας καταλάβαινε», είπε φωναχτά ο πατέρας.

Et il se demandait à moitié si Gregor avait compris.

Και σχεδόν αναρωτήθηκε αν ίσως ο Γκρέγκορ κατάλαβε.

La sœur lui a secoué la main violemment en pleurant.

Η αδελφή απλώς της έσφιξε το χέρι δυνατά κλαίγοντας.

Elle a donc indiqué qu'il ne fallait pas envisager cette idée.

Και έτσι έδωσε το σήμα ότι η ιδέα δεν έπρεπε να περάσει από το μυαλό.

« Mais si seulement il nous comprenait », répéta le père.

«Μακάρι να μας καταλάβαινε», επανέλαβε ο πατέρας.

Les yeux fermés, il réfléchit à la réponse de sa sœur.

Κλείνοντας τα μάτια του, σκέφτηκε την απάντηση της αδερφής.

« S'il comprenait qu'un accord pouvait être conclu avec lui. »

«Αν καταλάβαινε, θα μπορούσε να γίνει μια συμφωνία μαζί του.»

« Mais vu la situation actuelle... »

«Αλλά με τα πράγματα όπως έχουν...»

«Il faut l'enlever,» s'écria la sœur, «c'est la seule solution.»

«Πρέπει να φύγει», φώναξε η αδερφή, «είναι ο μόνος τρόπος».

«Il faut vous débarrasser de l'idée que c'est Gregor.»

«Πρέπει να ξεφορτωθείς τη σκέψη ότι είναι ο Γκρέγκορ.»

« Notre véritable malheur, c'est d'y avoir cru si longtemps. »

«Το ότι το πιστεύαμε τόσο καιρό είναι η πραγματική μας ατυχία.»

« Mais comment est-ce possible que ce soit Gregor ? » demanda-t-elle à son père.

«Μα πώς γίνεται να είναι ο Γκρέγκορ;» ρώτησε τον πατέρα της.

« Il savait qu'un tel animal ne pouvait pas coexister avec les humains. »

«Ήξερε ότι ένα τέτοιο ζώο δεν μπορεί να συνυπάρξει με τους ανθρώπους».

« Gregor nous aurait quittés depuis longtemps, volontairement. »

«Ο Γκρέγκορ θα μας είχε αφήσει προ πολλού, οικειοθελώς.»

« C'est vrai, nous n'aurions alors plus de frère. »

«Είναι αλήθεια, τότε δεν θα είχαμε αδερφό.»

« Mais nous pourrions continuer à vivre et à honorer sa mémoire. »

«Αλλά θα μπορούσαμε να συνεχίσουμε να ζούμε και να τιμούμε τη μνήμη του».

« Mais cette bête nous poursuit et chasse nos locataires. »

«Αλλά αυτό το θηρίο μας καταδιώκει και διώχνει τους ενοικιαστές μας.»

« De toute évidence, il veut s'emparer de tout l'appartement. »

«Προφανώς θέλει να καταλάβει ολόκληρο το διαμέρισμα.»

« Cette bête veut nous faire dormir dans la rue. »

«Αυτό το θηρίο θέλει να μας κάνει να κοιμηθούμε στο δρόμο.»

« Regarde, papa, » s'écria-t-elle soudain, « il bouge à nouveau ! »

«Κοίτα, πατέρα», φώναξε ξαφνικά, «κινείται ξανά!»

Et elle fit quelque chose que même Gregor ne put comprendre.

Και έκανε κάτι που ούτε ο Γκρέγκορ μπορούσε να καταλάβει.

Elle se repoussa, comme pour sacrifier sa mère.

Απωθήθηκε, σαν να θυσίαζε τη μητέρα.

Et elle a couru derrière son père pour trouver une sorte de sécurité.

Και έτρεξε πίσω από τον πατέρα της για κάποιο είδος ασφάλειας.

Le père n'était agité que parce que sa fille l'était.

Ο πατέρας ήταν ταραγμένος μόνο επειδή ήταν και η κόρη του.

Mais lui aussi se leva et leva les bras au-dessus d'elle.

Αλλά μετά σηκώθηκε κι αυτός και σήκωσε τα χέρια του πάνω της.

Mais Gregor n'avait aucune intention d'effrayer qui que ce soit.

Αλλά ο Γκρέγκορ δεν είχε καμία πρόθεση να τρομάξει κανέναν.

Il n'avait surtout aucune intention d'effrayer sa sœur.

Δεν είχε καμία σκέψη να τρομάξει την αδερφή του.

Il essayait simplement de faire demi-tour pour retourner dans sa chambre.

Απλώς προσπαθούσε να γυρίσει πίσω στο δωμάτιό του.

Mais, compte tenu de l'aggravation de son état, même cela devenait difficile.

Αλλά στην επιδεινούμενη κατάστασή του, ακόμη και αυτό ήταν δύσκολο.

Et il ne pouvait plus se servir pleinement de ses jambes.

Και δεν μπορούσε πια να χρησιμοποιήσει πλήρως όλα του τα πόδια.

Il utilisa donc sa tête pour soulever son corps et se retourner.

Έτσι χρησιμοποίησε το κεφάλι του για να σηκώσει το σώμα του και να γυρίσει.

Il marqua une pause et chercha l'approbation de sa famille du regard.

Σταμάτησε για λίγο και κοίταξε γύρω του για να βρει την έγκριση της οικογένειας.

Il semble que sa bonne intention ait été reconnue.

Η καλή του πρόθεση φαινόταν να έχει αναγνωριστεί.

Son mouvement ne leur avait procuré qu'un choc momentané.

Η κίνησή του ήταν μόνο ένα στιγμιαίο σοκ για αυτούς.

À présent, ils le regardaient tous en silence, visiblement malheureux.

Τώρα όλοι τον κοιτούσαν με δυστυχισμένη σιωπή.

La mère était toujours allongée dans le fauteuil, épuisée.

Η μητέρα ήταν ακόμα ξαπλωμένη στην πολυθρόνα, εξαντλημένη.

Le père et la sœur étaient assis l'un à côté de l'autre.

Ο πατέρας και η αδερφή κάθονταν ο ένας δίπλα στον άλλον.

« Peut-être qu'ils me laisseront faire demi-tour maintenant »,
pensa Gregor.

«Ίσως τώρα με αφήσουν να γυρίσω», σκέφτηκε ο Γκρέγκορ.

Et il continua à effectuer son mouvement de rotation
maladroit.

Και συνέχισε να κάνει την αδέξια στροφή του.

Il ne pouvait réprimer les halètements occasionnels dus à
l'effort.

Δεν μπορούσε να καταπνίξει τις περιστασιακές
αναστεναγμούς της προσπάθειας.

Et il a été contraint de se reposer à plusieurs reprises entre-
temps.

Και αναγκάστηκε να ξεκουραστεί μερικές φορές
ενδιάμεσα.

Plus personne ne le pressait ; c'était à lui de décider.

Κανείς δεν τον ανάγκαζε να βιαστεί τώρα· είχε αφεθεί στη
δική του ευθύνη.

Finalement, il acheva ce virage lent et douloureux.

Τελικά ολοκλήρωσε την αργή και επίπονη στροφή.

Il se dirigea aussitôt vers sa chambre.

Αμέσως άρχισε να περπατάει κατευθείαν πίσω στο
δωμάτιό του.

Il était stupéfait de la distance qui le séparait de sa chambre.

Έμεινε έκπληκτος από το πόσο μακριά βρισκόταν από το
δωμάτιό του.

Comment, malgré sa faiblesse, avait-il réussi à y parvenir
auparavant ?

Πώς, παρά την αδυναμία του, είχε φτάσει εκεί νωρίτερα;

Il avait emprunté presque le même chemin sans s'en
apercevoir.

Είχε διανύσει σχεδόν το ίδιο μονοπάτι χωρίς να το
προσέξει.

Il se concentrait simplement sur le fait de ramper aussi vite
qu'il le pouvait.

Απλώς επικεντρώθηκε στο να μπουσουλάει όσο πιο
γρήγορα μπορούσε τώρα.

L'absence de commentaires ne le dérangeait pas.

Η έλλειψη σχολίων από κανέναν δεν τον ενόχλησε.
Ce n'est que lorsqu'il fut déjà à l'intérieur qu'il tourna la tête.
Μόνο όταν βρισκόταν ήδη στην πόρτα γύρισε το κεφάλι του.
Mais il n'a pas pu se retourner complètement.
Αλλά δεν μπορούσε να γυρίσει να κοιτάξει εντελώς πίσω.
Car il sentit sa nuque se raidir encore davantage en se tournant.
Επειδή ένιωσε τον αυχένα του να σκληραίνει ακόμα περισσότερο καθώς γύριζε.
Mais il constata que rien n'avait changé derrière lui.
Αλλά είδε ότι ούτως ή άλλως τίποτα δεν είχε αλλάξει πίσω του.
La seule différence, c'est que sa sœur s'était levée.
Η μόνη διαφορά ήταν ότι η αδερφή του είχε σηκωθεί όρθια.
Son dernier regard lui montra que sa mère s'était endormie.
Το τελευταίο του βλέμμα έδειξε ότι η μητέρα του είχε αποκοιμηθεί.
Dès qu'il fut entré dans sa chambre, la porte fut fermée.
Μόλις μπήκε στο δωμάτιό του, η πόρτα έκλεισε.
Et dès que la porte fut fermée, le verrouilla.
Και μόλις η πόρτα έκλεισε, το bold κλειδώθηκε.
Gregor fut effrayé par le bruit inattendu derrière lui.
Ο Γκρέγκορ τρόμαξε από τον απροσδόκητο θόρυβο από πίσω.
Et ses jambes fléchirent sous lui, surprises par la soudaineté.
Και τα πόδια του λύγισαν από την ξαφνική έκπληξη.
C'est sa sœur qui s'était précipitée vers la porte derrière lui.
Ήταν η αδελφή που είχε ορμήσει στην πόρτα πίσω του.
Elle s'était déjà dressée, et l'attendait.
Είχε ήδη σταθεί εκεί όρθια και τον περίμενε.
Elle fit alors un petit saut en avant sans que Gregor ne l'entende.
Έπειτα πήδηξε ελαφρά μπροστά χωρίς να την ακούσει ο Γκρέγκορ.
« Enfin ! » s'écria-t-elle en tournant la clé.

«Επιτέλους!» φώναξε δυνατά, καθώς γύριζε το κλειδί.

« Et maintenant ? » se demanda Gregor, seul dans l'obscurité.

«Και τώρα τι;» αναρωτήθηκε ο Γκρέγκορ, μόνος στο σκοτάδι.

Il s'aperçut bientôt qu'il ne pouvait plus bouger du tout.

Σύντομα ανακάλυψε ότι δεν μπορούσε πλέον να κινηθεί καθόλου.

Mais son immobilité ne le surprenait pas vraiment.

Αλλά δεν τον εξέπληξε και πολύ η ακινησία του.

Pouvoir se déplacer sur des jambes aussi fines semblait ridicule.

Το να μπορείς να κινείσαι με τόσο λεπτά πόδια φαινόταν γελοίο.

Il ne savait pas comment il avait pu y parvenir.

Δεν ήξερε πώς είχε καταφέρει ποτέ να το κάνει.

Mais à part ça, il se sentait relativement à l'aise.

Αλλά εκτός από αυτό, ένιωθε σχετικά άνετα.

Il est vrai qu'il ressentait une douleur intense dans tout le corps.

Είναι αλήθεια ότι ένιωθε βαθύ πόνο σε όλο του το σώμα.

Mais la douleur semblait s'atténuer de plus en plus.

Αλλά ο πόνος φαινόταν να γίνεται όλο και πιο αδύναμος.

Et il avait l'impression que la douleur finirait par disparaître.

Και ένιωθε ότι ο πόνος τελικά θα εξαφανιζόταν.

Il sentait à peine la pomme pourrie dans son dos.

Μόλις που ένιωθε το σάπιο μήλο στην πλάτη του πια.

Il repensa à sa famille avec émotion et amour.

Σκέφτηκε την οικογένειά του με συγκίνηση και αγάπη.

Il ressentait les émotions de sa sœur encore plus intensément qu'elle.

Ένιωθε τα συναισθήματα της αδερφής του ακόμη περισσότερο από ό,τι εκείνη.

Elle avait raison ; il devait partir.

Είχε δίκιο με αυτά που είχε πει· έπρεπε να φύγει.

Il passa quelque temps dans cet état désert et paisible.

Πέρασε λίγο χρόνο σε αυτή την άδεια και γαλήνια κατάσταση.

L'horloge sonna trois fois, doucement mais fermement.

Το ρολόι χτύπησε τρεις φορές, σιγά αλλά σταθερά.

Gregor fut doucement tiré de ses pensées.

Ο Γκρέγκορ βγήκε απαλά από τις σκέψεις του.

Il regarda la lumière du matin pénétrer lentement dans sa chambre.

Παρακολουθούσε το πρωινό φως να μπαίνει αργά στο δωμάτιό του.

Puis sa tête s'affaissa complètement, malgré lui.

Τότε το κεφάλι του έσκυψε εντελώς, χωρίς τη θέλησή του.

Et son dernier souffle s'échappa faiblement de ses narines.

Και η τελευταία του πνοή κύλησε αδύναμα από τα ρουθούνια του.

La femme de chambre est entrée dans sa chambre tôt le matin.

Η καμαριέρα μπήκε στο δωμάτιό του νωρίς το πρωί.

Elle n'a rien trouvé d'inhabituel lors de sa courte visite habituelle.

Δεν βρήκε τίποτα ασυνήθιστο κατά τη διάρκεια της συνηθισμένης σύντομης επίσκεψής της.

À bout de forces et dans la précipitation, elle claqua toutes les portes.

Από τη δύναμή της και τη βιασύνη της, έκλεισε όλες τις πόρτες με δύναμη.

Il était impossible de dormir paisiblement dans tout l'appartement.

Δεν υπήρχε η δυνατότητα για ήσυχο ύπνο σε ολόκληρο το διαμέρισμα.

On lui avait demandé d'éviter de faire cela le matin.

Της είχαν ζητήσει να αποφύγει να το κάνει αυτό το πρωί.

Elle pensait qu'il restait allongé là, immobile, exprès.

Νόμιζε ότι ήταν ξαπλωμένος εκεί τόσο ακίνητος επίτηδες.

Peut-être voulait-il lui montrer qu'il était offensé.

Ίσως ήθελε να της δείξει ότι είχε προσβληθεί.

Elle lui faisait confiance et pensait qu'il était doté d'une intelligence hors du commun.

Τον εμπιστευόταν ότι είχε κάθε είδους νοημοσύνη.

Il se trouve qu'elle tenait le long balai à la main.

Τυχαίνει να κρατάει στο χέρι της τη μακριά σκούπα.

Alors, depuis la porte, elle essaya de chatouiller un peu Gregor.

Έτσι, από την πόρτα, προσπάθησε να γαργαλήσει λίγο τον Γκρέγκορ.

Elle était un peu agacée qu'il ne réponde pas du tout.

Ήταν λίγο ενοχλημένη που δεν απάντησε καθόλου.

Alors cette fois, elle le poussa un peu plus fermement.

Έτσι τον έσπρωξε λίγο πιο δυνατά αυτή τη φορά.

Comme il n'opposait aucune résistance, elle l'examina de plus près.

Όταν δεν έδειξε αντίσταση, την κοίταξε πιο προσεκτικά.

Elle comprit rapidement ce qui était réellement arrivé à Gregor.

Σύντομα συνειδητοποίησε τι είχε πραγματικά συμβεί στον Γκρέγκορ.

Elle ouvrit davantage les yeux et siffla pour elle-même.

Άνοιξε τα μάτια της πιο διάπλατα και σφύριξε στον εαυτό της.

Mais elle n'a pas tardé à ouvrir la porte.

Αλλά δεν έχασε πολύ χρόνο πριν ανοίξει την πόρτα.

Et elle cria d'une voix forte dans l'obscurité :

Και φώναξε με δυνατή φωνή μέσα στο σκοτάδι:

«Viens voir, il est là, complètement mort.»

«Ελάτε να δείτε, εκεί είναι, εντελώς νεκρό.»

Les deux parents étaient assis bien droits dans leur lit conjugal.

Οι δύο γονείς κάθονταν όρθιοι στο συζυγικό τους κρεβάτι.

Il leur fallait d'abord surmonter le choc du bruit.

Πρώτα έπρεπε να ξεπεράσουν το σοκ του θορύβου.

Mais peu à peu, ils ont commencé à comprendre son message.

Αλλά σιγά σιγά άρχισαν να κατανοούν το μήνυμά της.

Monsieur et Madame Samsa ont chacun sauté de leur côté du lit.

Ο κύριος και η κυρία Σάμσα πήδηξαν ο καθένας από την πλευρά του κρεβατιού του.

M. Samsa jeta l'épaisse couverture sur ses épaules.

Ο κύριος Σάμσα έριξε την χοντρή κουβέρτα στους ώμους του.

Et Mme Samsa sortit vêtue uniquement de sa chemise de nuit.

Και η κυρία Σάμσα βγήκε έξω φορώντας μόνο τη νυχτικιά της.

C'est ainsi qu'ils entrèrent dans la chambre de Gregor.

Και έτσι μπήκαν στο δωμάτιο του Γκρέγκορ.

Entre-temps, la porte du salon s'était également ouverte.

Εν τω μεταξύ, η πόρτα του σαλονιού είχε επίσης ανοίξει.

Grete y dormait depuis l'emménagement des locataires.

Η Γκρέτε κοιμόταν εκεί από τότε που μετακόμισαν οι ένοικοι.

Elle était entièrement habillée comme si elle n'avait pas dormi du tout.

Ήταν πλήρως ντυμένη σαν να μην είχε κοιμηθεί καθόλου.

Son visage pâle semblait également témoigner de son manque de sommeil.

Το χλωμό πρόσωπό της φαινόταν επίσης να αποδεικνύει την έλλειψη ύπνου της.

« Il est mort ? » demanda Mme Samsa en regardant la bonne.

«Είναι νεκρός;» ρώτησε η κυρία Σάμσα, κοιτάζοντας την υπηρέτρια.

Elle aurait pu le confirmer en le regardant elle-même.

Θα μπορούσε να το είχε επιβεβαιώσει αυτό κοιτάζοντάς τον η ίδια.

« Je le crois », dit la bonne en ramassant le balai.

«Νομίζω ναι», είπε η υπηρέτρια, σηκώνοντας τη σκούπα.

Et elle a poussé son corps sur une longue distance à travers le sol.

Και έσπρωξε το σώμα του αρκετά στο πάτωμα.

Mme Samsa fit un mouvement comme si elle voulait l'arrêter.

Η κυρία Σάμσα έκανε μια κίνηση σαν να ήθελε να τη σταματήσει.

Mais finalement, elle a laissé la bonne faire glisser Gregor.

Αλλά στο τέλος άφησε την υπηρέτρια να σύρει τον Γκρέγκορ.

« Eh bien, » dit M. Samsa, « enfin nous pouvons remercier Dieu. »

«Λοιπόν», είπε ο κύριος Σάμσα, «επιτέλους μπορούμε να ευχαριστήσουμε τον Θεό».

Il fit le signe de croix : tête, poitrine, épaules.

Έκανε το σημείο του σταυρού· κεφάλι, στήθος, ώμους.

Et les trois femmes suivirent son exemple religieux.

Και οι τρεις γυναίκες ακολούθησαν το θρησκευτικό του παράδειγμα.

Grete, qui ne quittait pas le cadavre des yeux, dit :

Η Γκρέτε, που δεν έσβηνε τα μάτια της από το πτώμα, είπε:

«Regardez comme il est maigre, il n'a pas mangé depuis si longtemps.»

«Κοίτα πόσο αδύνατος ήταν, δεν είχε φάει τόσο καιρό.»

« La nourriture que je lui laissais chaque matin restait toujours intacte. »

«Το φαγητό που του άφηνα κάθε πρωί ήταν πάντα ανέγγιχτο.»

En fait, le corps de Gregor était complètement plat et sec.

Στην πραγματικότητα, το σώμα του Γκρέγκορ ήταν εντελώς επίπεδο και στεγνό.

C'était plus visible maintenant qu'il était au sol.

Αυτό ήταν πιο ορατό τώρα που ήταν στο έδαφος.

Parce que son corps n'était plus soutenu par ses jambes.

Επειδή το σώμα του δεν σηκωνόταν πλέον από τα πόδια του.

Et parce que rien d'autre ne venait distraire la vue.

Και επειδή δεν υπήρχε τίποτα άλλο που να αποσπούσε την προσοχή από τη θέα.

«Viens avec nous un moment, Grete», dit Mme Samsa.

«Έλα μαζί μας για λίγο, Γκρέτε», είπε η κυρία Σάμσα.
Un sourire douloureux se dessinait sur ses lèvres lorsqu'elle parlait.
Ένα πονεμένο χαμόγελο σχηματίστηκε στα χείλη της καθώς μιλούσε.
Grete les suivit, mais jeta aussi un coup d'œil en arrière au cadavre.
Η Γκρέτε τους ακολούθησε, αλλά κοίταξε και πίσω της το πτώμα.
La bonne ferma la porte et ouvrit grand la fenêtre.
Η υπηρέτρια έκλεισε την πόρτα και άνοιξε εντελώς το παράθυρο.
Il était encore tôt, l'air était donc normalement froid.
Ήταν ακόμα νωρίς, οπότε ο αέρας κανονικά θα ήταν κρύος.
Mais il y avait aussi un mélange de chaleur dans l'air froid.
Αλλά υπήρχε επίσης ένα μείγμα ζεστασιάς στον κρύο αέρα.
Comme un doux rappel que c'était désormais la fin du mois de mars.
Σαν μια απαλή υπενθύμιση ότι ήταν πλέον τέλος Μαρτίου.
Les trois locataires sortirent alors eux aussi de leur chambre.
Οι τρεις ένοικοι βγήκαν τώρα κι αυτοί από το δωμάτιό τους.
Ils cherchèrent leur petit-déjeuner avec étonnement.
Κοίταξαν γύρω τους με έκπληξη για το πρωινό τους.
Le petit-déjeuner a été oublié à cause de ce que la femme de chambre a trouvé.
Το πρωινό ξεχάστηκε εξαιτίας αυτού που βρήκε η καμαριέρα.
« Où est le petit-déjeuner ? » grommela l'homme du milieu.
«Πού είναι το πρωινό;» γκρίνιαξε ο μεσαίος κύριος.
La bonne porta son doigt à sa bouche pour demander le silence.
Η υπηρέτρια έβαλε το δάχτυλό της στο στόμα της για να διατάξει ησυχία.
Et elle salua les messieurs d'un geste rapide et silencieux.
Και εκείνη έγνεψε βιαστικά και σιωπηλά στους κυρίους.

La servante fit entrer les trois messieurs dans la pièce.

Η καμαριέρα οδήγησε τους τρεις κύριους στο δωμάτιο.

Et elle a continué à leur expliquer ce qui s'était passé.

Και συνέχισε να τους εξηγεί τι είχε συμβεί.

Et les trois messieurs se tinrent autour du corps de Gregor.

Και οι τρεις κύριοι στάθηκαν γύρω από το πτώμα του Γκρέγκορ.

Les mains dans les poches, ils baissèrent les yeux.

Με τα χέρια στις τσέπες τους κοίταξαν κάτω.

La lumière du matin inondait désormais complètement la pièce.

Το πρωινό φως είχε πλημμυρίσει πλέον ολόκληρο το δωμάτιο.

La porte de la chambre s'ouvrit alors et M. Samsa apparut.

Τότε η πόρτα της κρεβατοκάμαρας άνοιξε και εμφανίστηκε ο κύριος Σάμσα.

D'un côté se trouvait sa femme, et de l'autre sa fille.

Από τη μία πλευρά ήταν η γυναίκα του και από την άλλη η κόρη του.

M. Samsa portait déjà son uniforme.

Ο κύριος Σάμσα φορούσε ήδη τη στολή του.

On pouvait voir qu'ils avaient tous un peu pleuré.

Μπορούσε κανείς να δει ότι όλοι τους είχαν κλάψει λίγο.

Grete pressa son visage contre le bras de son père.

Η Γκρέτε πίεσε το πρόσωπό της στο μπράτσο του πατέρα της.

« Quittez mon appartement immédiatement ! » ordonna M. Samsa.

«Φύγετε αμέσως από το διαμέρισμά μου!» διέταξε ο κύριος Σάμσα.

Et il désigna la porte sans laisser partir les femmes.

Και έδειξε την πόρτα χωρίς να αφήσει τις γυναίκες να φύγουν.

« Que voulez-vous dire ? » demanda l'intermédiaire, déconcerté.

«Τι εννοείς;» ρώτησε ο μεσάζων, αμήχανα.

Et il fit de son mieux pour sourire gentiment à M. Samsa.

Και έκανε ό,τι μπορούσε για να χαμογελάσει γλυκά στον κύριο Σάμσα.

Les deux autres tenaient leurs mains derrière leur dos.

Οι άλλοι δύο κρατούσαν τα χέρια τους πίσω από την πλάτη τους.

Et ils se frottèrent les mains d'impatience.

Και έτριψαν τα χέρια τους μεταξύ τους με προσμονή.

Ils semblaient s'attendre à une violente dispute.

Φαινόταν να περίμεναν να ξεσπάσει έντονος καβγάς.

Mais ils semblaient se réjouir de la dispute à venir.

Αλλά φάνηκαν να χαίρονται με την επερχόμενη διαφωνία.

Ils pensaient que le litige tournerait à leur avantage.

Πίστευαν ότι η διαμάχη θα ήταν υπέρ τους.

« Je maintiens exactement ce que je viens de dire », a répondu M. Samsa.

«Εννοώ ακριβώς αυτό που μόλις είπα», απάντησε ο κύριος Σάμσα.

Il marchait en ligne droite avec ses deux compagnons.

Περπατούσε σε ευθεία γραμμή με τους δύο συντρόφους του.

Et M. Samsa s'est adressé directement à leur responsable.

Και ο κύριος Σάμσα πλησίασε κατευθείαν τον επικεφαλής κύριο.

Le monsieur resta d'abord immobile, le regard fixé au sol.

Ο κύριος έμεινε αρχικά ακίνητος, κοιτάζοντας το έδαφος.

Le contenu de sa tête était encore en train de se réorganiser.

Το περιεχόμενο του κεφαλιού του εξακολουθούσε να τακτοποιείται.

« Très bien, nous y allons », dit-il en levant les yeux vers M. Samsa.

«Εντάξει, θα πάμε», είπε και κοίταξε τον κύριο Σάμσα.

Une nouvelle humilité semblait l'avoir soudainement envahi.

Μια νέα ταπεινότητα φάνηκε να τον έχει κυριεύσει ξαφνικά.

Et il semblait demander la permission pour cette décision.

Και φαινόταν να ζητάει άδεια για αυτή την απόφαση.

M. Samsa ouvrit grand les yeux et hocha légèrement la tête.

Ο κύριος Σάμσα άνοιξε διάπλατα τα μάτια του και έγνεψε ελαφρά.

Les messieurs obéirent immédiatement à son ordre.

Οι κύριοι ακολούθησαν αμέσως την εντολή του.

Et ils ont effectivement fait de longues enjambées dans le couloir.

Και έκαναν πραγματικά μεγάλα βήματα στον διάδρομο.

Ses amis avaient déjà cessé de se frotter les mains.

Οι φίλοι του είχαν ήδη σταματήσει να τρίβουν τα χέρια τους.

Ils avaient écouté le déroulement de la conversation.

Άκουγαν πώς πήγαινε η συζήτηση.

Et maintenant, ils couraient après lui, comme pris de peur.

Και τώρα έτρεχαν πίσω του, σαν να φοβόντουσαν.

M. Samsa pourrait encore les isoler de leur chef.

Ο κύριος Σάμσα μπορεί να τους απομονώσει ακόμα από τον αρχηγό τους.

Ils ont sorti leurs bâtons du récipient.

Έβγαλαν τα μπαστούνια τους από το δοχείο με τα μπαστούνια.

Et ils s'inclinèrent en silence avant de quitter l'appartement.

Και υποκλίθηκαν σιωπηλά πριν φύγουν από το διαμέρισμα.

M. Samsa et les deux femmes sortirent sur le parvis.

Ο κύριος Σάμσα και οι δύο γυναίκες βγήκαν από την αυλή.

Mais en réalité, ils n'avaient aucune raison de se méfier de ces hommes.

Αλλά στην πραγματικότητα δεν είχαν κανένα λόγο να μην εμπιστεύονται τους άντρες.

Ils s'appuyèrent sur la rambarde pour vérifier s'ils étaient partis.

Έγειραν στο κιγκλίδωμα για να ελέγξουν αν είχαν φύγει.

Les trois messieurs descendaient effectivement les escaliers.

Οι τρεις κύριοι όντως κατέβαιναν τις σκάλες.

Ils disparurent dans un virage de l'escalier.

Σε μια συγκεκριμένη στροφή της σκάλας εξαφανίστηκαν.

Puis l'escalier les ramena à la vue.

Και τότε η σκάλα τους έφερε ξανά στο προσκήνιο.

Ce phénomène d'apparition et de disparition se répétait à chaque étage.

Αυτή η εμφάνιση και η εξαφάνιση επαναλαμβανόταν σε κάθε όροφο.

Mais finalement, ils étaient presque arrivés au fond.

Αλλά τελικά είχαν σχεδόν φτάσει στον πάτο.

Plus ils avançaient, moins ils étaient intéressants.

Όσο πιο μακριά πήγαιναν, τόσο πιο αδιάφοροι γίνονταν.

Tout le monde est rentré à la maison, comme soulagé.

Όλοι επέστρεψαν στο σπίτι, σαν να ανακουφίστηκαν.

Ils décidèrent de profiter de la journée pour se reposer et aller se promener.

Αποφάσισαν να εκμεταλλευτούν την ημέρα για να ξεκουραστούν και να πάνε μια βόλτα.

Ils estimaient avoir mérité cette pause dans leur travail.

Ένιωθαν ότι άξιζαν αυτό το διάλειμμα από την εργασία τους.

Non seulement ils méritaient cette pause, mais ils en avaient besoin.

Όχι μόνο άξιζαν αυτή την ανάπαυλα, αλλά την χρειάζονταν κιόλας.

Ils s'assirent à table pour écrire des lettres d'excuses.

Κάθισαν στο τραπέζι για να γράψουν επιστολές συγγνώμης.

M. Samsa a adressé une lettre d'excuses à sa direction.

Ο κ. Σάμσα έγραψε την επιστολή συγγνώμης του προς τη διοίκησή του.

Mme Samsa a écrit sa lettre d'excuses à ses clients.

Η κυρία Σάμσα έγραψε την επιστολή της ζητώντας συγγνώμη στους πελάτες της.

Et Grete a écrit sa lettre d'excuses à son directeur.

Και η Γκρέτε έγραψε την επιστολή της με την οποία ζητούσε συγγνώμη στον διευθυντή της.

Pendant qu'ils écrivaient tous, la bonne entra dans la pièce.

Ενώ όλοι έγραφαν, η καμαριέρα ήρθε στο δωμάτιο.

Son travail du matin était terminé, elle rentrait donc chez
elle.
Η πρωινή της δουλειά είχε τελειώσει, οπότε θα πήγαινε
σπίτι.
Les trois écrivains hochèrent d'abord la tête, sans lever les
yeux.
Οι τρεις συγγραφείς έγνεψαν αρχικά καταφατικά, χωρίς να
σηκώσουν το βλέμμα τους.
Mais la bonne ne semblait pas encore vouloir partir.
Αλλά η υπηρέτρια δεν φαινόταν να θέλει να φύγει ακόμα.
Elle attendit un peu, jusqu'à ce que les trois écrivains lèvent
les yeux.
Περίμενε λίγο, μέχρι που οι τρεις συγγραφείς σήκωσαν το
βλέμμα τους.
« Eh bien ? » demanda M. Samsa, en colère, comme l'étaient
les autres.
«Λοιπόν;» ρώτησε ο κύριος Σάμσα, θυμωμένος, όπως και οι
άλλοι.
La bonne se tenait sur le seuil, un sourire aux lèvres.
Η καμαριέρα στεκόταν στην πόρτα με ένα χαμόγελο στο
πρόσωπό της.
Elle donnait l'impression d'avoir de bonnes nouvelles à
annoncer.
Έδωσε την εντύπωση ότι είχε καλά νέα να αναφέρει.
Mais elle n'allait pas partager la nouvelle à moins qu'on ne
le lui demande.
Αλλά δεν επρόκειτο να μοιραστεί τα νέα εκτός αν της το
ζητούσε.
La plume d'autruche dressée sur son chapeau oscillait
légèrement.
Το όρθιο φτερό στρουθοκαμήλου στο καπέλο της
λικνίστηκε ελαφρώς.
Cette plume d'autruche avait toujours agacé M. Samsa.
Αυτό το φτερό στρουθοκαμήλου πάντα ενοχλούσε τον
κύριο Σάμσα.
« Alors, que voulez-vous ? » demanda Mme Samsa, d'un ton
ferme.

«Λοιπόν, τι θέλετε τότε;» ρώτησε η κυρία Σάμσα με
σιγουριά.
**La bonne avait encore beaucoup de respect pour Mme
Samsa.**
Η υπηρέτρια έτρεφε ακόμα πολύ σεβασμό για την κυρία
Σάμσα.
« Oui », répondit-elle, et elle éclata d'un rire amical.
«Ναι», απάντησε και ξέσπασε σε ένα φιλικό γέλιο.
Un instant, son rire l'empêcha de parler.
Για μια στιγμή τα γέλια της την σταμάτησαν από το να
μιλήσει.
**« Tu n'as pas à t'inquiéter pour ce qui se passe chez le voisin.
»**
«Δεν χρειάζεται να ανησυχείς για αυτό το πράγμα της
διπλανής πόρτας.»
« J'ai déjà prévu comment nous allons nous en débarrasser. »
«Έχω ήδη κανονίσει πώς θα το ξεφορτωθούμε.»
Mme Samsa et Grete continuèrent à écrire leurs lettres.
Η κυρία Σάμσα και η Γκρέτε συνέχισαν να γράφουν τις
επιστολές τους.
**Mais M. Samsa remarqua que la bonne n'avait pas encore
terminé.**
Αλλά ο κύριος Σάμσα παρατήρησε ότι η υπηρέτρια δεν είχε
τελειώσει ακόμα.
Elle voulait maintenant tout décrire plus en détail.
Τώρα ήθελε να τα περιγράψει όλα με περισσότερες
λεπτομέρειες.
Mais il tendit la main pour repousser ses avances.
Αλλά εκείνος άπλωσε το χέρι του για να απορρίψει τις
προσπάθειές της.
**Elle s'est rendu compte qu'ils n'étaient pas intéressés par ses
projets.**
Συνειδητοποίησε ότι δεν ενδιαφέρονταν για τα σχέδιά της.
**Et puis elle se souvint de la grande précipitation dans
laquelle elle avait été.**
Και τότε θυμήθηκε τη μεγάλη βιασύνη που είχε.
« Ciao alors », dit-elle, insultée par ce manque d'intérêt.

«Τσάο τότε», είπε, προσβεβλημένη από την έλλειψη ενδιαφέροντος.

Mais avant de partir, elle a claqué la porte très fort.

Αλλά πριν φύγει, έκλεισε την πόρτα με τρομερή δύναμη.

« Elle sera licenciée ce soir », a déclaré M. Samsa.

«Θα απολυθεί το βράδυ», είπε ο κύριος Σάμσα.

Mais sa femme et sa fille étaient trop occupées pour lui répondre.

Αλλά η γυναίκα του και η κόρη του ήταν πολύ απασχολημένες για να του απαντήσουν.

Parce que la bonne avait troublé leur paix nouvellement acquise.

Επειδή η υπηρέτρια είχε διαταράξει την πρόσφατα αποκτημένη γαλήνη τους.

La mère et la fille se levèrent pour aller à la fenêtre.

Η μητέρα και η κόρη σηκώθηκαν για να πάνε στο παράθυρο.

Et, enlacés, ils restèrent là.

Και με τα χέρια τους αγκαλιασμένα έμειναν εκεί.

M. Samsa se tourna sur sa chaise pour les regarder.

Ο κύριος Σάμσα γύρισε στην καρέκλα του για να τους κοιτάξει.

Et pendant un moment, il les observa en silence, immobiles là.

Και για λίγο τους παρακολουθούσε σιωπηλά να στέκονται εκεί.

Finalement, il leur cria : « Viendrez-vous à moi ? »

Τελικά τους φώναξε: «Θα έρθετε σε μένα;»

«Oublions tout ça, d'accord ?»

«Ας ξεχάσουμε όλα αυτά τα παλιά, έτσι δεν είναι;»

«Viens à moi et accorde-moi un peu d'attention.»

«Έλα σε μένα και δώσε μου λίγη από την προσοχή σου.»

Les deux femmes firent ce qu'il leur avait dit et se précipitèrent vers lui.

Οι δύο γυναίκες έκαναν όπως τους είπε και έτρεξαν κοντά του.

Ils lui ont fait une accolade affectueuse et l'ont embrassé.

Τον αγκάλιασαν τρυφερά και τον φίλησαν.

Ils retournèrent rapidement pour terminer la rédaction de leurs lettres.

Επέστρεψαν γρήγορα για να ολοκληρώσουν τη συγγραφή των γραμμάτων τους.

Puis, tous les trois, ils quittèrent l'appartement ensemble.

Στη συνέχεια, και οι τρεις τους έφυγαν από το διαμέρισμα μαζί.

Ils n'étaient pas sortis ensemble depuis des mois.

Δεν είχαν βγει μαζί από το σπίτι για μήνες.

Et ils prirent le tramway jusqu'à la périphérie de la ville.

Και πήραν το τραμ για τα περίχωρα της πόλης.

Ils avaient toute la rame du tramway pour eux seuls.

Είχαν ολόκληρο το βαγόνι του τραμ μόνο για αυτούς.

La lumière du soleil inondait la pièce par la fenêtre.

Το φως του ήλιου έμπαινε από έξω από το παράθυρο.

La famille se cala confortablement dans ses sièges.

Η οικογένεια έγειρε άνετα στις θέσεις της.

Et ils ont discuté de leurs perspectives d'avenir.

Και συζήτησαν τις προοπτικές για το μέλλον τους.

À y regarder de plus près, leurs perspectives n'étaient pas mauvaises.

Μετά από πιο προσεκτική εξέταση, οι προοπτικές τους δεν ήταν κακές.

Tous les trois occupaient des emplois qui leur permettraient de gagner davantage.

Και οι τρεις είχαν δουλειές με δυνατότητα να κερδίζουν περισσότερα.

Ils ne s'étaient jamais interrogés l'un sur l'autre concernant leur travail.

Δεν είχαν ρωτήσει ποτέ ο ένας τον άλλον για τη δουλειά τους.

Mais maintenant, ils avaient enfin le temps de discuter de ces choses-là.

Αλλά τώρα είχαν επιτέλους χρόνο να συζητήσουν τέτοια πράγματα.

Ils avaient également la possibilité de déménager dans un
appartement plus petit.

Είχαν επίσης την επιλογή να μετακομίσουν σε ένα
μικρότερο διαμέρισμα.

Cela aurait le plus grand impact sur leur vie.

Αυτό θα είχε τον μεγαλύτερο αντίκτυπο στη ζωή τους.

Leur appartement actuel avait été choisi par Gregor.

Το τωρινό τους διαμέρισμα είχε διαλέξει ο Γκρέγκορ.

Mais maintenant, ils pourraient déménager dans un endroit
plus abordable.

Αλλά τώρα θα μπορούσαν να μετακομίσουν κάπου πιο
οικονομικά.

Un appartement plus petit, mais dans un endroit plus
pratique.

Ένα μικρότερο διαμέρισμα, αλλά κάπου πιο πρακτικό.

Parler de l'avenir a redonné vie à Grete.

Οι συζητήσεις για το μέλλον έκαναν την Γκρέτε ξανά πιο
ζωντανή.

Monsieur et Madame Samsa ont également remarqué
d'autres changements chez elle.

Ο κύριος και η κυρία Σάμσα παρατήρησαν και άλλες
αλλαγές σε αυτήν.

Ses joues étaient devenues pâles à cause de tous ses soucis.

Τα μάγουλά της είχαν χλωμίσει από όλες τις ανησυχίες
της.

Mais à présent, leur fille s'épanouissait et devenait une
femme remarquable.

Αλλά τώρα η κόρη τους άνθιζε και γινόταν μια όμορφη
κυρία.

C'était vraiment une belle et jolie jeune femme, maintenant.

Ήταν πραγματικά μια γεροδεμένη και όμορφη νεαρή
γυναίκα τώρα.

Ses parents se turent et admirèrent leur fille.

Οι γονείς της σιώπησαν και θαύμασαν την κόρη τους.

Ils échangèrent un regard, communiquant inconsciemment.

Κοιτάχτηκαν ο ένας στον άλλον επικοινωνώντας
ασυναίσθητα.

« Il sera bientôt temps de lui trouver un homme bien. »

«Σύντομα θα έρθει η ώρα να της βρούμε έναν καλό άντρα.»

Le tramway était arrivé à destination et avait ralenti.

Το τραμ είχε φτάσει στον προορισμό του και επιβράδυνε.

Leur fille semblait confirmer leurs nouveaux rêves.

Η κόρη τους φάνηκε να επιβεβαιώνει τα νέα τους όνειρα.

Elle fut la première à se lever et à étirer son jeune corps.

Ήταν η πρώτη που σηκώθηκε και τέντωσε το νεανικό της σώμα.